蠱惑的な圭を前にしても、男はここでガバと抱きつくような
余裕のなさは露呈しなかった。
大人なのだ。
「でも、きみの取り扱いは難しそうだ。わたしのような男に出来るのかな?」
「もちろん、出来ますよ。あなたは優しいし、
どんなときも慌てないでしょう。そして、たぶん手先も器用だ。
ね、違います?」
(本文P.35より)

重ねるだけの長い長いキス──なんと甘い。
(これは、恋…だ。もう決定的だ。僕は恋に落ちたんだ)
(本文P.102より)

Chara

寝心地はいかが？

水無月さらら

キャラ文庫

この作品はフィクションです。
実在の人物・団体・事件などにはいっさい関係ありません。

目次

口絵・本文イラスト／金ひかる

客足がふっと途絶えた今のうち…と位置のずれた商品を並べ直していたとき、南野《みなみの》圭《けい》はパラパラッという音を聞いた。

(お、雨だな)

辺りはさほど暗くなってはいないが、少しだけ強くなった風がショーウインドーまで雨粒を運んでくる。

九月——暦の上ではもう秋だ。

相変わらず昼間はうだるような暑さが続いているのに、台風や低気圧などの影響か、こんなふうにいきなり空模様が変わる。

特に夕方。

圭が勤務している家具のショールームは直接的な雨の被害は受けないものの、併設されているカフェのほうではオープンスペースにいる客の移動でてんてこまい。

それを見て取るや、圭は近くにいた部下の一人にこの場を任せると言い置いて、手伝うために外へ出た。

若干二十八歳ながら、この小洒落《こじゃれ》たショールームを企画し、出店を取り仕切ったのは彼である。

そして、今現在はここ――株式会社大友家具青山《おおともかぐあおやま》ショールームにおいて、実質的責任を担う副店長という地位にあった。

圭は慌てふためく女性スタッフからトレイをやんわりと奪い、囁《ささや》くほどの声でてきぱきと指示を出す。

「ここは僕に任せて。きみはお客様にタオルを用意だ。そして、おしぼりとお茶をサービスしたいとシェフに言ってきてくれないか」

しかしながら、彼の柔らかい声音に聞き入ってしまったのか、はたまたその美貌《びぼう》に見入ってしまったのか、若い女性スタッフは棒立ちだ。

やれやれと溜息《ためいき》を吐《つ》き、圭はわざと素っ気なく言い放った。

「早くね」

「は…はいっ」

ぎくしゃくと動き出したスタッフを尻目《しりめ》に、濡《ぬ》れるのを厭《いと》いつつも動作がいかにも緩慢な二人の老婦人に向け、今度は非の打ちどころのない端正な笑みを浮かべた。

「あいにくのお天気になりました。中にお席をご用意いたしますので、どうぞご移動を……」

荷物をまとめるのに手を貸しながら、素早く食器類をトレイに載せる。

「足元にお気をつけくださいませ」

すらりと直線的な身体つきのせいなのか、上品な顔立ちの効果なのか、圭が席へと案内する所作はベテランのウェイターのように決まる。

まったく二十代の青年にあるまじき落ち着きっぷりだ。

まごついていたアルバイトの男性スタッフも圭に倣い、他の客たちを誘導し始めた。

一番最後に圭が店内に入っていくと、カウンターの向こうからコックコートのシェフが目まぜで謝意を伝えてきた。

西麻布《にしあざぶ》のプチ・ホテル『アーバン・シャトー』の推薦で招いたフレンチの笹川《ささがわ》シェフだ。パティシエとしても相当の腕を持つ。

大丈夫、気にしないでくださいと首を横に振ると、圭はさらにタオルやおしぼり、サービスの熱い飲み物を各テーブルへと運び始めた。

客の全《すべ》てが心地よく店内の椅子《いす》やソファに収まったとき、彼はホッと息を吐いて、調和のとれたカフェ『トロワ』を見渡した。

テーブルから食器に至るまで、全てが大友家具の製品だ。

透明なアクリル板とスチールを組み合わせた一見簡素なデザインながら、テーブルの足は小粋にねじれ、椅子の滑らかなカーブは座る人間の腰を受け止めるよう緻密《ちみつ》な計算がなされている。

温《ぬく》もりのない素材をフォローする弾力あるクッションは、パッと目を引き、気持ちを明るくするビタミン色。

ランチョンマットやコースターは自然素材のイグサで編まれ、白い食器やクリスタルのグラスの清潔感とマッチする。フォークやスプーン、ナイフは軽くて、余計な彫刻のないつるりとシンプルなデザインだ。

ブランド名を『アン・ドゥ』という。

圭が日本橋《にほんばし》にある大友家具の本店に勤務し、商品開発部企画チームに在籍していた頃、当時は全くの無名だったデザイナーのシューヘイ・アンドーを採用して、起ち上げたブランドだった。

起案からわずか数年で、主に婚礼家具で名を馳《は》せてきた老舗《しにせ》の目玉商品にのし上がった。その鮮やかな過程に思いを馳せるとき、営業職に異動した今でもやはり感慨深い。

圭が見込んだシューヘイ・アンドーという男は天才だった。

デザイナーがさらなる活躍の場を求めてニューヨークに発《た》ってしまうと、圭は企画チームを離れたいと申し出た——燃え尽き感をどうすることも出来ずに。

惜しまれながら、このショールームに異動してきたのは一年半前。

学生時代にホテルでアルバイトをした経験のせいか、圭は自分でも不思議なくらいスムーズに初めての営業職に馴染《なじ》んだ。

素では滅多に笑わないのに、客を前にすると、自分でそうしようと思う間もなく笑顔になることが出来た。

案外、企画よりも接客のほうが向いていたのかもしれない。

（……もう大丈夫だな）

カフェがいつもの落ち着きを取り戻したのを確認し、圭は本来の自分の職場の方へ去りかけた――と、さっきの若い女性スタッフがおずおずと近づいてきた。

タオルを差し出してくる。

「南野さん、結構濡れてますよ。風邪を引かないでくださいね」

「ありがとう」

スーツの表面をざっと拭《ふ》き、彼女にタオルを返す。

憧《あこが》れや期待混じりの目で見上げられても、悲しいかな、もう六年くらい、圭は女性とデートしようという気が起こらない。

「名前、なんて言うの？」

一応聞いてみる。

「本田《ほんだ》です、本田美保《みほ》」

少し咳《せ》き込むようにして、彼女は答えた。

「そう」

たぶん、明日には忘れてしまっているだろうが……。

「じゃ、本田さん。閉店まであと二時間、頑張りましょう」

「は、はいっ」

持ち場に戻っていく本田を見送り、圭はゆっくりと首を左右に振った——一トラブルを処理し終えた区切りとしてのそれなのか、もうオスではなくなった自分を再確認しての自己憐憫《れんびん》か、自分でもいっかな判断がつかないまま。

(……え!?)

不意に、背後によく知った人間の気配を感じた。

「しゅ、しゅうへ——」

の、わけはなかった。

彼は——公私ともにパートナーだった男は、渡米したきり、もう二年も音沙汰《おとさた》なしだ。

よく似た背格好、雰囲気の人間はたまにいる。まさか…と思いつつも、振り向かされたことは一度や二度ではない。

圭は思い切りよく振り向いて、かつての恋人とはまるで別の男がそこにいるのを確認した。

がっかりしなかったと言えばウソになる。

背丈はほぼ同じだが、体格も服装の好みも全く違う人間だった——おまけに、こちらの男は圭たちよりもだいぶ年上だ。

それを見て取るや、今し方確かに感じ取ったはずの懐かしい気配は霧散した。

三十代の後半にかかろうという長身の男性は、ショールームのエントランスに立ち、イーゼルに立てかけてある額縁に見入っていた。

額縁の中には、シューヘイ・アンドーの写真や業績を紹介する文章とともに、雑誌の切り抜きなどをコラージュ風に貼《は》り付けたものが収まっている。

圭は気持ちを切り替えた。

（……お客様、お客様）

改めて、その男を目で捉《とら》える。

濡れた上着を小脇《こわき》に抱え、ワイシャツにネクタイ、サスペンダー——おそらくマシンと水泳で鍛えているのだろう、シャツ越しにもがしっと広い肩と発達した胸筋の見事な肉体が窺《うかが》えた。

雨で髪型が少し乱れているが、黒くて堅めの髪はワックスで後ろに流してあった。

ハンサムだ、と思う。

少し俯《うつむ》き加減だから全体は分からないにせよ、濃い眉毛とまっすぐな鼻筋からして、男らしい端正な顔立ちは約束されたようなもの。

圭は男が少し震えているのに気づいた。

(歩いているところに雨に遭って、雨宿りに入ってきた…ってところかな。テラスを閉めたのだから、冷房の設定を変えなくては…——)

気の毒に思いつつも、大柄な男性が震えている様は、なにか大型犬を思わせるユーモラスさがあった。

込み上げてきた笑いを堪《こら》え、圭は歩み寄った。

「ひどい雨になりましたね」

言いながら、ウインドーの向こうに目を向ける。

空はすっかり暗く、雨足はいよいよ激しくなってきていた。

男もまた圭の視線を追い、外を見た。

「……夕立なら、直に止《や》むんだろうけどね。どうかなあ、これは」

低めの声音は少し掠《かす》れ気味で、思わず耳を傾けたくなるような独特の魅力があった。

「もしお時間があるようでしたら、カフェのほうへどうぞ。なにか温かいものをお飲みになっている間に、その上着を乾かしましょう」

「あぁ、カフェがあるんだ…」

「家具のショールーム併設ですから座り心地は保証しますよ」

「この…シューヘイ・アンドーというデザイナーのも置いてあるの？」

「ええ、もちろんです。家具だけではなく、ファブリック、食器、カトラリーもシューヘイ・アンドーのデザインですよ」

「ふうん」

興味があるようなないような曖昧《あいまい》な返事をしながらも、男は素直に圭の案内に従った。

サーブはスタッフに任せ、圭は彼から上着を受け取る。

メニューを捲《めく》り、当然のように男が言った。

「きみはなにを飲む？」

「え…と、カ――」

カフェ・オレと答えそうになって、ハッと圭は顔を上げた。

くっきりした二重瞼《ふたえまぶた》の下で、男の瞳が悪戯《いたずら》そうに輝いていた。

「カフェ・オレにフィナンシェ。どう？」

圭が仕事中だというのは承知の上で誘っているらしい。

（ナンパ…？　ではない、か）

圭を見る目にセクシャルな光はない、と思う。

(僕に話し相手をして欲しいって?)

暇を持て余した老人でもあるまいし……。

これだけの美丈夫だ、ちょっと電話をかけただけで喜んで会いに来ようという女性はいるはずだった。

からかわれたかのような口惜しさを感じ、圭はにわかにツンと取り澄ました表情を纏《まと》い付けた。

「ご一緒したいのはやまやまですが、生憎《あいにく》とわたしはまだ勤務時間中ですので……」

「うん、それが当然だよね」

男は食い下がることなく、断った圭を褒めるかのようににっこりとした――子供の頃のえくぼの名残《なご》りか、頬《ほお》の縦線がなんともチャーミングだ。

「身体が温まったら、家具のほうを見に行くよ。わたしは転居したばかりで、座り心地の良いソファを探しているところなんだ。案内してくれるかな?」

小首を傾《かし》げる仕草は、やはり大型犬を思わせる――そう、著名なレコード会社のシンボルの、たしか…そう、ダルメシアン犬。

またしても圭は吹き出しそうになってしまった。

どうにかそれを抑え気味の笑顔に替えて、いくらか愛想よく答えた。

「もちろんですとも。お声をかけてくださいましね」

では、ごゆっくり…ときびすを返すと、ほとんど同時に背後から男が言ってきた。

「きみもね、ちゃんと髪を乾かして、身体を温めたほうがいいよ。風邪を引くと大変だからね」

ちらと振り向いた圭は、男がとても優しい目つきをしているのに気づいた——吸い込まれそうな深い色の瞳だ。

本気で心配されているのだと思えた。

(お茶に誘ったのは……だから?)

さっきの若い女性スタッフ——もう名前を忘れていた——にも同じようなことを言われたのに、あのときはこんな感謝の気持ちは湧《わ》かなかった。構わないで欲しいくらいに思ったのではなかったか。

どうして…と自問せずとも、分かっている。

圭は、彼に興味を持ったのだ——男前で、優しげな目をした大人の男に。

「恐れ入ります」

後ろ髪を引かれるのを振り切るようにして、圭は自分の持ち場へと歩み去った。

そして、ショールームのカウンター内にあるコートハンガーに、自分のとはサイズが違う上着を掛けたときだった。

そうしようと思うつもりもなく、ムスク系のコロンに入り交じったタバコの香りを嗅《か》いでしまった。

強いオスの匂《にお》いだった。

（あ…！）

ひくりと身体が反応するのに、圭はぎょっとして目を見開いた。

恋人がなんの約束も残さないまま渡米してから、誰にも触れられていない身体である。

そういった必要が自分にあることも、もうずっと忘れていた。

（まぁ…ね、あれだけ魅力的な人は、そう滅多にいるもんじゃないし……）

必然だと思えば、動揺はさほどでもなかった。

どんな仕事をしているのか、青山通りはなんの用で歩いていたのか、男に対する好奇心は次々と湧いてきたが、鉄の意志で途中だった業務へと向き直る。

いつだって圭は理性的でいたい。

感情に振り回されることなく、自分のすべきことをきっちりやるのが立派な社会人なのだから。

「あの…南野さん」

先月からパートに入ってもらっている女性に声をかけられたときは、すでにいつもの冷静沈着な仕事の出来る美青年に戻っていた。

「来週のための発注書を作ったんですけど、確認していただけます？」

「ご苦労さま。早かったですね」

圭は貰《もら》った書類を片手にパソコンを立ち上げた。

ぽたり…と長めの前髪からしずくが落ちた。

「わたし、ロッカールームにドライヤー置いてますから、お貸ししますよ。濡れ髪に冷房は良くないです」

お節介は嫌いなはずが、今はその申し出がとても快く耳に響いた。

考えてみれば、これから冬に向かって新商品が出回る季節だ。風邪を引いても、寝込むことはまず出来ない。

（さすが主婦、気が利くよな）

彼女の名前は——そう、川口洋子《かわぐちようこ》だ。毎日一緒に仕事をしている人だから、もちろんちゃんと覚えている。

「そうですね……うん、そうさせて貰おうかな」

「持ってきますね」

身体の向きを変えた女性からは、男のスーツに嗅いだのとはまるっきり趣の異なった爽《さわ》やかな香りがした。


「このへんにあるのが、さっきのボードにあったシューヘイ・アンドーというデザイナーの作品なんだね？」

三十分くらい経ってから、先ほどの男がショールームのフロアへとやってきた。畏《かしこ》まって、圭は付き従った。

「ええ、うちの看板ブランドで『アン・ドゥ』といいます」

このブランドが世に出たのは六年前だ。

業績の伸び悩みに困り果てた老舗は、半ば投げやりとも思われる冒険心で、新入社員の企画を通し、彼が推薦する無名のデザイナーを採用したのだ。

初めて二人で暮らす若いカップルをターゲットとし、大友家具としてはかなり思い切ったロープライスで店頭に並べた。

遊び心あるカラーおよびデザインでありながら、狭い空間にしっくり収まる無駄のなさ、意外に感じるほどの使い勝手の良さが魅力だった。

その斬新なデザインは買い手はもちろん、各界の玄人《くろうと》たちの目を釘付《くぎづ》けにし、インテリア雑誌に起用されたり、ドラマのセットに使われたりするなどの大きな反響を得、予想外に幅広い顧客から支持されることになった。

世間にブランドが浸透していくにつれて素材が厳選され、若年カップル仕様のチープ感は消えたものの、デザインの軽快さはこのブランドの特長としていまだ残っている。

「なるほどね、カラフルにしてファッショナブル……面白いね。いやいや、才能を感じるよ。彼は家具職人というよりは芸術家なのだろうね」

自分が見出したかつての専属デザイナーが褒められるのに、やはり自分のことのように嬉《うれ》しく思われる。

圭にとっても『アン・ドゥ』は青春だった。

若い企画者とデザイナーはまさに二人三脚で、旧態依然とした家具業界に殴り込みをかけたのだ。

「デザインはかなりアート寄りですが、使い勝手のほうもちゃんと重視しております」

「うん、だからこそ素晴らしいと思ったんだよ。華奢《きゃしゃ》に見えるのだけど、カフェの椅子の座り心地は思いがけなく良かったよ。クッションを使わないほうがそれがリアルになるんだね」

「温もりのない素材ですから、あえてクッションを置かせて貰ったのですが、お分かりになる方はちゃんとお分かりになるようで……」

圭の説明に頷《うなず》きつつ、男はゆっくりとフロアを見て回った。

彼の一挙手一投足には品があって、金銭的な不自由をしたことがない生い立ちが窺えた。

その広い背中を好ましく目で追ううちに、どうしてか喚起されてくる性的な想像に圭は少々狼狽《うろた》えた――もちろん、表にはおくびにも出さないが。

こんな自分は変だ。

男のふとした仕草に刺激され、悩ましい妄想が後から後から湧いてくるのにどうして焦らずにいられるだろう。

こういう男はどんなふうに女性を抱くのだろうか。

あの深みのある声で言われるなら、どんな陳腐な言葉も価値を持ち、あらゆる女性が腰砕けにされてしまうに違いない。

（僕は一体どうしちゃったんだろう……？）

スイッチが入ってしまったようだった。

シューヘイ・アンドー――いや、圭にとっては安藤修平が渡米してから、今の今まで誰を見てもそういう気分にはなれなかった。

男性にも、女性にも。

性欲はまるで湧かなかった。

圭は生粋の同性愛者ではない。安藤と一緒に暮らすようになるまでは、普通に女性をベッドに誘っていたのだ。

口説きに応じ、抱き合い、受け入れた男性は安藤だけだ。

彼以外の男と性的な触れ合いをしたいなどとは思ったことはない。安藤を最初で最後の同性の恋人だと決めていた。

それなのに、圭は思うのだった――この男は同性を抱いたことはあるだろうか、と。

（シューヘイに似ているわけでもないのに…ね）

男盛りのビジネスマン然としたこの男と恋人だった男とは、やっぱり、体格にしろ雰囲気にしろ、似ても似つかない。

実用と芸術…というか、現実社会と夢想ほどの差がある。

安藤修平はひょろりとした今風の若者で、気が散りやすく、喜怒哀楽の落差の激しい人間だった。甘えられ、振り回されて、圭はいつも彼の顔色を窺っていた。

正直なところ、安藤修平の恋人であることは、喜びばかりではなかった。

（修平とは違って、彼はきっとちゃんとした大人だ――自分で自分をコントロール出来る、自

立した人間に違いない）

姿形にしろ、声音にしろ、醸し出している全体の雰囲気からも安定感が感じられる。

さっきはどうして安藤と似通った気配だと感じたのだろう。

「……ってもいいかな?」

声をかけられ、圭はハッとした。

仕方なく聞き返した。

「すみません、ボーッとしておりました。今なんとおっしゃいました?」

男は気を悪くしたふうもなく、かえって圭を心配するかのような目つきを寄越した。

「座ってみても構わないかと聞いたんだよ」

「あっ、それはもちろんです」

慌ただしく、圭は営業マンとしての自分を手繰り寄せた。

「ソファなどはぜひ実際にお座りになって、素材の風合い、スプリングの具合などをご確認頂くのがよろしいかと思います。どうぞどうぞ」

早速、男は『アン・ドゥ』のラブソファに座って、長い足を高々と組んだ。

「ソフトレザーはしっくりくるし、身体の沈みもちょうどいいね。でも――」

自分的にはサイズがね…と、彼は自嘲《じちょう》した。

伏し目がちに、首をゆるゆると横に振る仕草は外国人のジェスチャーだった——もしかすると…もしかしなくても、欧米で暮らしたことがあるのだろう。

「どっしりしたタイプがお好みで」

「好みもそうだけど、これでは残念ながらわたしのリヴィングの空間は埋まらないね」

「お広いのですか?」

「いや、そうでもない」

そこで彼は少しバツが悪そうに続けた。

「独り者でね、基本的に物が少ないんだよ。家具はイギリスを出るときに処分してきたものでね」

「それでは、ご所望なのはソファだけではないのでは?」

「大袈裟《おおげさ》なのはいただけないが、少しずつ居心地良くしたいとは思っているよ。そう…うちの壁は白いから、この白いソファでは殺風景なことも改善されないだろうね」

「なるほど」

一つ頷き、圭は潔く『アン・ドゥ』を推すのを断念した。

コンパクトでシンプルな『アン・ドゥ』は日本の住宅事情にはぴったりだが、どちらかと言えば安価で、この立派な男に薦めるのはどことなく気が引けた。

「ならば、こちらはどうでしょうね。今シーズンにデビューしたブランド『ル・クプル』です。デザイナーが女性ですから、『アン・ドゥ』よりも華やかな上、いい意味での生活臭がございます」

　圭が彼を案内して見せたソファは、グリーンとブルーの不規則な縦縞《たてじま》が目に爽やかな布製で、内部に羽根が入ったクッション・パーツを組み立てたトリプル・サイズだ。

「お、これは……！」

　腰を沈め、背中のクッションに寄り掛かり、男は感嘆した。

「昼寝にも良さそうだね」

「肘《ひじ》掛《か》けや背中の部分は枕《まくら》のように羽根が詰めてありますが、座面はマットレスで人気の低反発ウレタンなんです」

「低反発って本当に疲れないのかい？」

「当社のカタログをお持ちしますから、それを捲る間だけでもお座りになっていらしてはいかがでしょう」

　圭は提案し、分厚いカタログを男に手渡した――と、そのとき、

「……み、南野さん。あの…ちょっと困ったことに…――」

　申し訳なさそうに首を竦《すく》めながら、後輩がこちらにやってきた。

小塚《こづか》という三年目の男性社員で、この九月に横浜のデパートの出店舗から異動してきたばかりの青年だ。

失礼しますと客に断って、圭は数歩離れたところで後輩の話を聞いた。

「どうしたの？」

本日締めで入力しなければならない伝票が二重計上になっているのを発見したはいいが、どうにも取り消しが出来ないのだという。

締めは六時——あと二十分もない。

「相殺は？」

「やっていいんですか？」

「いいよ。伝票番号にダブりが出ないように気をつけるんなら」

「え、意味が分かりませんが……」

圭がやれやれと溜息を吐きながら、ソファに座っている男を振り返った。

気づいて、彼のほうから言ってくれた。

「構わないよ。わたしは座り心地を試しながら、このカタログを見せてもらっているからね。きみは彼に手を貸してあげたらいい」

「恐れ入ります」

小塚が入力した伝票は、二重どころか、三重にも四重にも計上されていた。

圭は激しく舌打ちし、本社の経理部に連絡を入れた。

認証解除を申し入れ、ダブって入力した分を削除し、ついでに桁《けた》を間違えて入力した箇所に修正を入れた。

「小塚くん、不注意すぎ。いくらなんでも桁違いはないんじゃないの」

「……す、すいません」

処理を終えた上で部下に皮肉を込めた説教を浴びせると、もう小一時間経っていた。

振り向いたとき、客の男はまだソファに座っていた。

(律儀な人だなぁ。暇人ってわけでもないん——…って、あれ?)

背板から見える形の良い頭が、こっくりこっくり船を漕いでいる。

思わず、足音を忍ばせてしまう。

膝《ひざ》にカタログを置き、俯いた男はぴったりと目を閉じていた。

耳を澄ますまでもなく、規則的な深い呼吸が聞こえてくる——そう、彼は眠り込んでいるのだった。

「あの、お客様……?」

圭が軽く肩を叩《たた》くと、そこから上体がずるずると傾いた。

「……う、う…ん――」

目覚めないまま、彼の頭は首尾良く肘掛けクッションの上に収まった。

寝顔が露《あら》わになった。

(疲れていたのかな)

目の下に、寝不足を証明するかのような翳《かげ》りがある。

屈み込んで見つめずにはいられなかった。

この男のどこに自分は惹《ひ》きつけられたのだろう、と。

(特別にセックス・アピールがある……?)

いや、上に美がつくとはいえ、中年男の寝顔はあまりにも平和的だ。

高い額に手を伸ばしかけ、ハッとして圭は辺りを素早く見回した――大丈夫、誰もこちらを見ていない。

部下やパートに怪しまれては……と、圭は自分に強いてその場を離れた。

パートの川口にそろそろ上がりの時間だと告げ、寝てしまった客に掛ける毛布かなにかはないかと尋ねた。

「お起こししないんですか?」

「なんだかお疲れのようだから、もう少し寝させてあげようかと思って……」

「わたしの前任が置いてゆかれた膝掛けがありますよ」

「掛けてあげてくれる？」

その役を川口に譲ったのは、やましい気持ちを持て余したからだった。

膝掛けを寝姿にかけ、川口がこちらに戻ってきた。

「本当にぐっすり眠っておられますね」

彼女はくすくすと笑った。

「なにが可笑《おか》しいんです？」

「だって、随分とステキな方のようなのに、眠っている顔ってなんだか可愛《かわい》らしい感じがするんですもの……」

「さっきは『トロワ』で、チョコ菓子をいくつか摘《つま》んでらしたよ」

「あらあら。もしかして、甘党？」

川口は目をくるりとさせた。

彼女が自分と同じ感想を抱いたことを知り、圭はなんとなくホッとしていた――間違いなく、誰の目にも魅力的な男であるらしい。

「一見だと、タバコを吸いながら、バーボンとか飲んでそうな人なのにね」

「そうですよね。バーテンダーが出してくれるピーナッツなんかには見向きもしないで、グラスを傾けるような感じですよ」

「ま…ね、人って結構見かけに因《よ》らないもんだし……」

一足先に川口が帰社し、八時には『トロワ』のシェフも店を出た。

男はまだ目覚めない。

自分が戸締まりをするからと言って部下たちを帰すと、カウンターの照明だけを点《つ》けた薄明かりの中で、圭は正体無く眠る大柄な男を見下ろした。

バック・ミュージックも流していない今、身体の奥で燻《くすぶ》っている性欲の存在を意識せずにはいられなかった。

自分が密《ひそ》かに期待していることに唇を噛《か》む。

（……浅ましい、な）

長い腕に抱き寄せられ、厚い胸板に頬を寄せる想像——肌の温もりや安心感を求めてしまう気持ちは否定のしようがなかった。

どんなときでも理性的でありたいと願う圭は、思春期の初めから性的欲望に振り回されることを煩わしく思ってきた。

しかしながら、人間も動物。時として、この本能に直結した欲望に逆らうのが難しくなることもある。

反応しかけている身体を意識しながら、圭はぽつりと呟《つぶや》いた。

「ホント、似てないや」

なぜこんなにも惹き付けられてしまうのかは分からないにせよ、恋人だった男とこの男が似ていないことを幸いに思う。

もう自分は安藤に縛られてはいないはず。

あれから二年、そろそろ失意から這《は》い上がり、現役に戻ってもいい頃だ。

(でも――この高い額とまっすぐな鼻筋は、ちょっと似ているかもしれない…な)

そう思いながら、我知らず、圭は手を伸ばしていた。

額に二本の指を左から右に走らせ、真ん中から鼻筋へとT字を描く。

指先に感じたごくわずかな脂《あぶら》っぽさがリアルだった――人間の男、という感じ。

「……」

男が小さく喉《のど》で唸《うな》ったのに、圭は慌てて手を引っ込めた。

「――ん？」

二重瞼が捲《まく》り上げられ、深い色の瞳が圭を捉《とら》えた。

口元が引き攣《つ》るのも構わずに、圭は無理矢理に笑みを作った。

「お目覚めですか」

彼はただじっと見つめてくる——心の奥まで見透かされてしまいそうで、圭はぎこちなく目を逸《そ》らした。

「……！」

頬に手が伸ばされた。

圭は息を飲み、身を硬直させる。

（……触ったの気づいて…る？）

ならば、払い除けるのはフェアではないだろう。

男はふうと溜息を吐いてから、聞き取りにくい掠れ声で呟くように言った。

「——陶器みたいに見えたけど……ああ、ちゃんと人肌だ。温かいね」

二度三度、数本の指で頬を小さく丸く撫《な》でてから、その手はスッと離れていった。

圭は息を吐いた——その吐息は自分でもどうかと思うほど甘く、熱かった。

目眩《めまい》がした。

それでも、圭は自分から仕掛けようとはしなかった。

プライド？——いやいや、臆病《おくびょう》ゆえに…だ。

軽い人間と思われたくないと思った。それ以上に、たぶん…拒まれるのが怖かったのだ。

すでに店内の電気は落としていたし、他の従業員もいないというのに、必死にビジネス仕様に振る舞おうとした。

「ね…寝心地のほうは、いかがでしたでしょうか？」

そう尋ねておいて、このセリフはどうかすると嫌味に聞こえてしまうと冷や冷やした——が、声音の甘さがフォローしてくれた。

「うん、とても良かったよ」

彼は穏やかに微笑《ほほえ》んだ。

「ハハ、大失態だ。迷惑をかけてしまったようだね」

男は起き上がって、身体に掛けられていた膝掛けをざっと畳んだ。

すまなかったねと圭に手渡す。

「このソファは買うよ。長々と寝かせてもらったことだし」

「ありがとうございます」

そして、男はまっすぐに圭を見た。

「きみ……ファッショナブルな家具を売るノーブルな美青年、ね。ここのショールームはさぞかし評判が良いんだろうね」

「もれなく僕がついてくるわけではありませんが」

「ついてくるといいいな」

臆面《おくめん》もなく、男が言った。

圭はまじまじと見つめずにいられなかった。

ふふと彼は笑った――からかうような色を瞳に湛《たた》え、なにも今すぐ取って食おうというんじゃないから…と断りを入れてきた。

「わたしはホモ・セクシャルではないのだけどね……でも、きみはいい」

柔らかかった男の視線が、ここで急に熱を帯び、圭の全身を吟味するかのように眺め回す。シャツを剝《は》がされるかのようだった。

圭は我知らず、一歩二歩と後ずさり、ソファと対になっている低い木製のテーブルの足に蹴《け》躓《つまず》いた。

「…っと」

後ろに倒れそうになった圭の腕を男が強く摑《つか》んだので、勢い、圭は彼の胸に抱きついてしまうことになってしまった。

「……あ、すみません」

慌てて抜け出しはしたものの、この瞬間とも言うべき短時間に、圭は彼の匂いと温もりを覚えていた。

もう自分を誤魔化せない。

圭は顔に馴染み過ぎていたクールな仮面をもはや躊躇《ためら》いなくバッと投げ捨て、打って変わったあだっぽい目つきで男を見上げた。

「ソファは今日お持ち帰りというわけにはいきませんが、僕のほうは可能ですよ」

甘い、甘い囁き声……その気になったとき、圭はほとんど無意識のままで自分の容姿を効果的に使う。

「いかがなさいますか?」

「それは嬉《うれ》しいね」

蠱惑《こわく》的な圭を前にしても、男はここでガバと抱きつくような余裕のなさは露呈しなかった。大人なのだ。

「でも、きみの取り扱いは難しそうだ。わたしのような男に出来るのかな?」

「もちろん、出来ますよ。あなたは優しいし、どんなときも慌てないでしょう。そして、たぶん手先も器用だ。ね、違います?」

圭は男の手を取り、その大きな掌《てのひら》を自分の口元に持ち上げた。

「ほら、長い指だ」

男が見ているのを充分意識しながら、圭はさっき自分の頬を撫でた二本の指に柔らかい舌を絡め、ねっとりと舐《な》め上げた。

「……色っぽいな、きみ」

「ふふ」

「キスしてもいい？」

そう面と向かって尋ねられ、圭は一瞬目を丸くした。

すぐに笑い出す。

「そんなの、聞かれたのは初めてかも」

「だって、イヤかもしれないじゃないか」

男は大きな肩を竦めてみせた。

「嫌がられたことなんか、ないでしょうに……」

「そう、大抵はあっちから『して欲しい』って言うからね」

「してして」

「きみは媚《こ》びないキャラクターだろ？」

圭は男を真似《まね》て肩を竦めてみせた。

苦笑いしながら、自分を明かす。

「そうですね……お堅くて、冷たいって言われますね」

「分かってるんだ」

「でも、中身はちょっと違いますよ」

男の唇が重なってきた。

その肉厚な、しっとりした感触に包まれながら、どうしてこんなことになったんだろうと圭は思う。

この胸のときめき。

ステキな人だと思い、密かに火を点けられたものの、誘い誘われして、即日こうなってしまうとは想像もしていなかった。

（本当の僕は無節操な人間なのかもしれない）

それを読み取ったかのように、唇を離してから男は囁いた。

「不意の雨のせいにしてしまおうよ。ね、いいね？」

雨は随分前に上がっていたけれど……――。


圭が戸締まりを済ませるのを待って、男は通りでタクシーを拾った。

食事はしたくないのかと聞かれたが、圭は首を横に振った。それよりも早く…と目で訴えると、男は案外堪え性がないねとからかってきた。

「わたしのマンションでいいかな。どうもホテルは落ち着かなくて……」

「ベッドがあればいいですよ」

「家具屋さんのおメガネに適うほどのものではないかもしれないが」

「ぶっちゃけ、敷き布団と相手がいればいいんだ……ね、そうでしょう？」

「違いないね」

青山から代々木上原《よよぎうえはら》までの短い行程で、そこでやっと二人は名乗り合った。

男の名は八木沼《やぎぬま》俊治《しゅんじ》。

三十六歳で、二ヶ月ほど前に二十数年ぶりにイギリスより帰国、近々投資顧問会社を開く予定だとか。

「八木沼さん、ですか」

「そう。きみは？」

「僕は圭。南野圭です。二十八歳」

「もっと若いかと思ったよ。でも、営業マンとしてのきみの振る舞いは、ちゃんと経験を積んだ人間のそれだよね」

タクシーは、代々木上原駅のすぐ近くのとあるマンションの前に停車した。

建物は低層だが、どっしりとした花崗岩《かこう》の門柱、黒光りする御影石《みかげ》が敷き詰められたアプローチからして、一戸の所有面積が広い超高級マンションであることは見て取れた。

ここの最上階が八木沼の自宅だという。

お帰りなさいませと迎えたコンシェルジュにただいまと軽く頷き、八木沼は圭を伴ってエレベーターに乗り込んだ。

まだ部屋の内部は見ていないにせよ、ソファは『アン・ドゥ』ではなく『ル・クプル』のほうを薦めて正解だったと圭は思う。

（いやいや、革張りの輸入もののほうが良かったかも……）

七階は一戸だけだった。

「さ、どうぞ」

「……お邪魔します」

籠《こ》もった生暖かい空気に迎えられた。

八木沼のスーツと同じ匂《にお》いが漂っていた――ムスク系のコロンとタバコの煙が入り交じった男っぽい香り。

圭にとって、決してそれはイヤな匂いではなかった。

廊下に並ぶいくつもの扉をスルーし、突き当たりのリヴィングに出た。

リヴィングはだだっ広かった。

本当に、物がない。

二十畳ほどの広さの空間にあるのは、パソコンを載せた仕事机とキャビネットだけ。開封された段ボール箱が三つ、四つ。

それなりに大きなテレビもあったが、無造作に床の上に置かれていたのには驚きを通り越し、呆《あき》れてしまった。

部屋に入ったら、早速抱きついてやろうと思ったのに、なんだかそんな気は失せてしまう。これから二人でどんな時間を過ごすかよりも、この空間をどう埋めてやるかのほうに頭の中が動いてしまうのは職業柄だろう。

突っ立っている圭に、八木沼が声をかけてきた。

「適当に座って」

「あ、はい」

座ってと言われはしたものの、他に座るところもなくて、圭は床に直に座った。

細身ではあるが、身長が一七七センチある圭は決して小柄ではない。

しかし、この広い床にぺったりと座ると、なんだか自分がちんまりとした存在であるかのような気がしてきた。

キッチンに立った八木沼が袖《そで》を捲《まく》ったのを見て、お構いなく…と声をかける。

「なにも要らないって言ってたけど、少しだけ食べようよ。パンでいい?」

「ホント、お構いなく」

いくらもしないうちに、八木沼はトレイを圭の前に置いた。

クリームチーズを挟んだベーグルと厚めに切ったハムのソテー、缶詰のパイナップル、ざっくり刻んだピクルス、赤ワインのグラスが並んでいた。

圭は微笑んだ。

ご馳走《ちそう》とは言えないかもしれないが、それらはとても美味《おい》しそうに見えた。

（なんか…いちいち意表を突かれるな）

塵《ちり》一つない床からして、家事はばっちりな男だと思ったのに、このギザギザしたハムの切り口はどうだろう。彼が料理自慢だとはとても思えない。

考えてみれば、一夜の関係を持とうというだけの相手に、手ずから食事を用意してくれるのも不思議な気がする。

「もしかして、クリームチーズはあまり好きじゃないかな？」

「いえ、好きですよ。大丈夫」

「とりあえず、乾杯だ」

「なにに乾杯？」

「たっぷりして、寝心地のいいソファが見つかったことにね」

「ちょっとした付録もついてきましたし？」

「そう、そこが重要だ」

グラスの縁を軽く打ちつけ、乾杯した。

ワインは渋めで美味だった。クリームチーズとよく合う。

目が合って、お互いに微笑んだ――美味しいものを分かち合えるのは幸せだ。

心が動き出さないうちに…と、用心深く圭は尋ねた。

「あの…恋人はいないんですか？」

「いるなら、きみを誘わなかっただろうね」

「律儀なんだ」

「なに、不器用なだけだよ。だから仕事にのめり込みすぎて、奥さんに逃げられる」

「バツイチ？　子供はいるんですか？」

「女の子が一人。でも、あまり会えない。新しいパパに懐いているっていうからね……」

そう告げた八木沼は寂しそうだった。

「僕も一人ですよ」

その気持ちは分かるとばかりに圭は言った。

「恋人だった人間からは二年近くも音沙汰なしです。もう終わったんだと思う」

「ただの無精ってことは？」

「無精で二年はないでしょう、さすがに」

「まぁ、そうかな」

しみじみとした気分になりながらも、二人はハムとパイナップルにかぶりついた。

「……これ、美味《うま》いや」

「先週、ゴルフで軽井沢《かるいざわ》に行ったんだよ。宿泊先のホテルで買ったんだ」

「軽井沢と言えば、以前、ホテル『ベルビュー』のメイン・ダイニングの仕事を貰ったことがありましたよ」

「え、『ベルビュー』？　泊まったのはまさにそこだよ。いつものホテルが満室だったんでね……でも、食事はしなかったな」

「それは残念。あのレストラン、僕がコーディネイトさせて貰ったんです」

「きみはインテリア・コーディネーターなんだね。わたしもコーディネーターだよ、マネーのほうのね」

共通点を見つけたと言わんばかりのイントネーションが可笑しかった。

つい、からかいたくなってしまう。

「マネーのコーディネーターは、インテリアにはご興味おありでないようで」

言いながら視線で部屋をぐるりとすると、八木沼は言い訳がましくぼそぼそと言った。

「……ここ、家具付きだと良かったんだが」

「そんな物件、日本にはまずありませんよ」

「みたいだね」

八木沼は立ち上がり、デスクから灰皿を取ってきた。

戻りがてら、今日選んだソファの置き場所について圭の意見を尋ねてくる。

「この辺はどうだろうね。空間がだいぶ埋まってくれるだろ」

「デスクと垂直になるように、もう少し前のほうがいいかもしれないですよ」

「なるほど……で、テレビを真ん前にずらせばいいんだな？」

「でも、八木沼さん。ソファからテレビを観るんなら、床置きでは高さが合いませんね。テレビ台、必要じゃないですか？　それと、灰皿を置く小さなテーブルもあったほうがよろしいかと」

八木沼はセットしてある堅い髪に指を突っ込み、かしかしと掻《か》き乱した——やっぱり大型犬のイメージが喚起されてくる。

「それ、きみが選んでくれないかな？　そういうのはどうも苦手で……」

「喜んでお引き受けしましょう。ご予算はいかほどで？」

「え…と、そうだな、あのソファに見合った値段でお願いするよ」

「承知致しました」

真面目な口調で承ったものの、圭はまだバツの悪そうな顔のままでいる彼に絡んでみずにはいられなかった。

「あらかじめ、お断りしておかねばなりません。テレビ台とテーブルには、残念ながら、付録はつきません悪《あ》しからず、ご了承くださいませ」

「そんなにお安くないよな、きみは」

「普通、販促品に値段はありませんが」

ただより高いものはないよね…と頷きながら、八木沼は圭にもう一杯ワインを勧めた。

「どう？」

「いただきます」

二人はもう一度乾杯した。

一口二口飲んで、トレイにグラスを戻したとき、膝立ちになって八木沼がキスしてきた。

圭に拒む理由はない。

少し開いて誘う素振りをしたが、彼は重ねただけですぐに離れた。

「……清潔な唇だ」

指で下唇を辿《たど》られた。

「きれいな男がいるもんだよ。それに、きみはきれいなだけじゃないね？」

瞳を覗《のぞ》き込んできた八木沼に、今度は圭のほうからキスをした。

彼はくっくと笑った。

「……ほら、打てば響いてくれる」

「それは相手次第ですよ。あなたには僕をその気にさせるなにかがあるみたいだ」

「なにかって？」

「さあ、なんでしょうね」

八木沼は二人の間に置いていたトレイをずらし、圭をその場に押し倒した。

上下に身体を重ね、二人は熱心に口づけを始めた。

八木沼のキスは巧みだった。

上唇と下唇を交互に吸い、弛緩したところへ舌を滑り込ませる。

ねっとりと絡みついてくる感触に、圭は戦慄《せんりつ》を覚えた。

すでに自分のペースが摑めなくなっていた。

怖いと思い、男のシャツにしがみつく。

（レベルの違う相手なんじゃ……――？）

考えてみれば、相手がだいぶ年上の男というのは未知の領域だ。加えて、自分には二年ものブランクがある。

しかし、そんな思考もじきに消え失せた。

遅ればせながら、アルコールが回ってきたせいかもしれない。

自分より大きな身体に包まれる心地良さに溜息を吐きつつ、圭は体温が徐々に上がっていくのを実感する。

（いいや、もうお任せしよう。彼の好きにして貰えばいいさ）

目が潤んで、視界がぼけてきた。

なにもかもが現実味がなく見える中で、ただ男の重みと匂い、感触だけがリアルだった。

きつく重ねた唇よりも、ぶつかり合う股間《こかん》の硬さが気になり始めた頃、圭は湿った甘い声で囁いた。

「このまま、ここで……？」

「いや、寝室に行こう。背中が痛いのは可哀想だよ」

「別にいいのに……」

けだるげに言う圭の鼻の頭にキスが落とされた。

「意外とワイルドだね」

「全然。外では絶対にしないもの」

「外？」

何を思ったのか、八木沼はくすりと笑った。

「戸外でしようなんて、この十年くらい考えたことはなかったな。でも…そうだな、なかなか刺激的かもしれないね」


八木沼は圭を抱き上げて運ぼうとしたが、さすがにそれは断った。

「どうして？」

「……恥ずかしいから」

背けた圭の顔を八木沼は覗き込もうとした。

「恥ずかしがる顔をよく見せてごらん」

「悪趣味ですよ」

そんなやりとりをしながら、寝室に入っていく。

部屋全体を見回すような余裕はもはやない。ほぼ真ん中に設《しつら》えられたキングサイズのベッドだけが目に入った。

（いいベッドだ……たぶん、フランス製）

圭は自分で衣服を脱ぎ落とした。

呼吸が荒くなってきたのを隠す気はもうない。

それでも、股間を晒《さら》す勇気はなくて、下着だけは脱がずにベッドの縁に腰を下ろした。

八木沼はそんな圭をちらちら見ながら、自分も衣服を脱いでいく。

脱いでしまうと圭の反対側からベッドに乗り上がり、背中を向けている圭を後ろから抱き締めた。

掌は膨らみのない胸を滑り、突き出た鎖骨から尖《とが》った肩まで達する。

圭は囁くように言った。

「……男ですよ？　大丈夫？」

「分かってるさ」

本当に分かっているのだろうかと圭は訝《いぶか》しむ。

「男を抱いたことは？」

「ない…わけじゃないよ。ずっと昔に何度かあった。高校のときに渡英して、寮に入っていたからね」

「──あぁ……」

首筋に熱く湿った唇を押し付けられ、圭は小さく呻《うめ》いた。

「さぁ、なにも心配しなくていいよ」

そう請け合った優しい、深い声音に振り向かされた。

唇が、重なってきた――すでに熟れた唇は長いキスも厭わない。

ようやっと唇が離れたとき、圭はすでにベッドに背中をつけていることに気がついた。

いつの間に押し倒されたのだろう。

気づいたことは、もう一つあった――窓ガラスを叩く雨の音だ。

「また雨が……――」

「ああ、降ってきたね」

八木沼は言葉を継いだ。

「もし躊躇いがあるのなら、雨のせいにしたらいい。きみは雨に閉じ込められたんだよ。束《つか》の間の雨宿りと思えばいい」

「あぁ――」

あなたもね…と圭は言い返したつもりだったが、言葉はキスに攫《さら》われた。

(ただ…僕は、恥ずかしいだけなんだ。恋人がいない今、僕に躊躇いなんて…あるわけない。雨のせいになんてしないよ)

躊躇いを払い除けたいのは、きっと八木沼のほうだ。

結婚していたこともある男が、なぜこんな歳《とし》になってから男を相手にするハメになっているのだろうと思っているに違いなかった。

(でも、こうなったからには、後悔なんてさせるもんか)

心をそうと決めると、案外と勝ち気な圭の身体にカッと火が点いた。

八木沼の大きな手をとり、下着の膨らみに導く。

「――…て？」

甘えた鼻声でねだり、身をくねらせた。そんな自分の淫《みだ》らさに、股間が痛いほどに突っ張ってくる。

「ああ、もうこんなに……きつい？」

八木沼は布を持ち上げている部分を指で丸く撫で、じわりと染《し》み出した液体を塗り込めた。

「あ、そんなことしたら…――！」

敏感な先端を嬲《なぶ》られ――ぺたぺたと湿った音にも耳を犯されて、圭は大きく身悶《みもだ》えする。自分の細い腰のしなりが、相手にどう映るのかはもちろん知った上だ。

「とても…とても敏感なんだね。いつもこんなに可愛いのかい？」

「ひ…久しぶり、だから……」

「ステキだ、もっと感じてごらん」

八木沼が下着を引き下ろす。

圭が手で隠そうとしたのを、煽《あお》られた男はもちろん許さなかった。

「隠さないで」

「で…でも」

「わたしも同じだよ」

圭の手を自分のそれへと導く。

「どう？」

「どうって――」

全体の大きさが一回りも違う。

「……同じじゃないですよ」

「同じだよ」

「ぜんぜん違う」

握ったものを上下に扱《しご》きながら、我知らず圭は恋人だった男のものと較《くら》べていた。

(同じ…か、少し太いか。単純に大きけりゃいいってもんじゃないんだけど……)

掌はすぐにその大きさに慣れた。

ならば、口ではどうだろう。そう思った途端に唾液《だえき》が溜《た》まってきた。

もともとその行為はあまり好きではなかった。得意だった例《ためし》もない。

『オレのこと好きなんだろ？　だったら、やってみろよ』

そう脅すように言われ、仕方なく覚えた。

でも、今——今日初めて出会い、成り行きでベッドを共にすることになった男にそれをしたいと思う自分がいる。

どうして…と自問は浮かぶけれど、積極的に自分で答えを出したいとは思わない。

果たして、この一夜、理性的である必要があるだろうか……？

思考を滞らせ、欲望の導くままに男の身体をうねうねと下っていく。

幹を摑み、ヘアを指で触れながら、大きく口を開いた。恐ろしげにそそり立ったものにしゃぶりつき、夢中で舌を絡めていく。

「ん…いいよ。あぁ、とても上手だ」

八木沼は喉声で褒めながら、圭の髪を撫でてくれる。

それに励まされて、圭は指と唇、舌を使い、男に愉悦を与え続けた。

やがて、先端からわずかに酸味のある液体が滲《にじ》み出した。

八木沼は股間から圭を引き剝がした。

「もう充分、そのくらいで勘弁して。わたしもきみを可愛がりたいからね」

まずは唇へのキス、それから顎《あご》、首筋、鎖骨…と、八木沼は圭の身体中に舌を這《は》わせた。

「あ…ん、ん――」

大きな掌が胸を探ってくるが、膨らみはもちろんない。ないが、突起を弄《いじ》られれば、身体の奥深いところで感じてしまう。

声を出さないではいられない。

脇腹を逆撫でされて反り返った腰を、筋肉質の腕がぎゅっと抱き締めてきた。

背筋に吐息をかけられ、圭は水揚げされた魚のように跳ねた。

「きみは…普段はクールにしてるみたいだけど、違うね……本当はこんなにホットだ。素晴らしいよ」

「さ、触って」

圭は自分から足を開いた。

「……ふふ、ちゃんと立派な男の子だね」

八木沼は瞼をほんのりと染め、淫らな笑みを浮かべた。

「触るよ。たっぷり触って、たくさん可愛がるからね」

彼は全てを心得ていた。

感じる箇所を二ヶ所と言わず、三ヶ所も同時に攻めてくる――いや、三ヶ所どころではなかった。

身体中、彼に触れられていない場所はないかのように感じまくってしまう。

(セ…セクシーってこういうこと?)

八木沼が巧みなのか、圭が感じすぎるのか、はたまたその両方なのか。

「あ…ダメ、そんなしたら――」

刺激が強すぎる。

「足を閉じないで。自分で触って…って言ったんじゃないか」

「だ、だけど…」

「耐えなさい」

開き直させられた足の奥を浅く深く探られ、圭はたちまちのうちに上り詰めていく。

ぬめってきた先端をあやしながら、男が甘く囁く。

「可愛いなあ」

息をかけられた首筋が熱くなった。

圭は振り向き、男の唇をねだった。貪《むさぼ》るように舌を吸い出し、きりもなく口づけを続ける。

男はそれに応《こた》えてくれた。

(……こんなの、信じられない!)

この身体がこれほど貪欲《どんよく》になるなんて。

後から後から湧いてきてどうしようもない欲望を満たすために、自分がこれほど奔放に振る舞っているなんて……！

行為があまりに久しぶりだというせいもあっただろう。それ以上に、相手に引き出されたものが大きい。

安藤が相手のときは、もっとセックスは機械的……——というのか、キスにしろ、愛撫《あいぶ》にしろ、必要最低限しかしていなかった。

圭はそれで充分だったし、それ以上したいと思わなかった。

もしかしたら、安藤のほうは不満だったかもしれない、圭を淡泊すぎると言い、愛情不足だと責めたこともあった。

圭は自分があまりセックスに積極的になれないタイプだと認めていたが、安藤への想いは決して浅いものではなかったはずだった。

(少なくとも、僕は彼の才能に惚《ほ》れていたし、彼の成功を誰よりも信じたんだ)

その気まぐれな言動に振り回されながらも、安藤の側《そば》にいたいと思ったし、彼がしでかしたことへのフォローをして回ることも受け入れた。

安藤を世に出すためなら、なんでもしようと思っていた。

そのひたむきな思いにつけ込むような言動をされてさえ、圭は安藤を見放す自分を想像すら出来なかった。

「んー？　なにを考えているの？」

「ううん、なにも……——」

終わったことだ。

「別に、なにも考えてなんかない」

首を横に振りながら、圭は男の愛撫に身をくねらせた。

(そう、違う。振り返ってもしょうがない。今、僕を抱いているのは修平じゃないんだ)

安藤よりもずっと大きく感じる。

自分の快感よりも圭の快感を優先してくれる大人の男。圭の身体を愛し、調べ尽くす——甘美な時間。

「あ…はぁ、あ、ああっ」

もはやなにをされても気持ちがいい。

後ろを丹念に慣らされる気恥ずかしい行為にすら、今日は酔っていられる。

「ゆ、指が…」

「入ったね」

「か…掻き回さ、ないでぇ――あっ、あ…ダメ、ダメだ」

圭はいやいやと首を動かし、膝を閉じようとした――が、許されない。

「なにがダメなの？」

「――は、早……っちゃう」

「一回いっとくかい？」

「ダメ…それもイヤだ」

男を抱いたことは数えるほどだと言っていたが、八木沼は圭の身体を巧みに開いた。

挿入していた指をずらし、膨らみきった肉を押し当てる。

「あ、あ、あああああっ」

入ってきた。

体重をかけて、一気に根本まで。

圧迫感に苦しんだのは最初の数秒だけだった。遠慮がちに腰が使われ始めると、波が岸を覆うように快感がじわじわと行き渡ってきた。

圭は八木沼にしがみつき、強すぎる快美感に喘《あえ》ぐ。

全身の皮膚がざわざわするほど感じた。

自分の中に男を納め、これほど深い満足を覚えるとは信じられなかった。

（これが相性ってもんか？　どんなに好きでも、身体が合わなかったり、さして好きでもないのにセックスだけは気持ちよかったり…ってあるって聞くけど）

統計を出せるほどの経験はない。

男が速度を上げ、いよいよ圭を追い詰めにかかる。

「は…激しすぎっ。あ、あううっ」

「そう？　きみの身体は喜んでいるよ。腰を引くと、行くなとばかりに吸い付いてくるからね。それから、ここも…ね」

摑まれたそれは、先端から止めどなく溢《あふ》れ出る液体にまみれていた。

二度三度擦《こす》られただけで、圭は脇腹を小刻みに奮わせた。

ふふと男は笑った。

「こんな感じやすい身体で、二年も彼を待っていられたの？」

「……お、置き去りにされたショックのせい…かな、しばらく、僕…性欲が無くなっていたみたいで…――」

「バカな男がいるもんだ」

吐き捨てたそのセリフすら、甘い口説き文句に聞こえた。

「あなたは利口な男？」

「それは…どうだろう。バカ野郎、死んじまえと女性に言われたことは何度かあった気もするけれど」

「元気な女性ですね」

「まあ、元気すぎる女性はいつも苦手だったよ」

言って、男は圭の唇をぺろりと舐めた。

「今は営業スマイルも麗しい美青年に夢中かな」

「死んじまえ」

笑いながら言うと、「もっと言ってくれ」と片目を瞑《つむ》る。

「マゾ？」

「恋する男はみんなそうだろう？」

「ま…ね、そうかな」

男は圭の足を抱え直し、再び腰を使い始めた。

目の前が真っ赤になるほど奥まで突き入れ、腰の安定がなくなるまで引いてくる。

長さをいっぱいに使って責め立てられ、内壁を抉《えぐ》られたときの痺《しび》れるような快感が圭の理性を削っていく。

「——…もっと、して」

「つらくないかな」

「でも、欲しい……あ、ああんっ」

もうなにも考えられない。

考えたくない。

やがて、誰に抱かれているのかすら分からなくなった。

自分より大きな人間に抱かれる安寧、肌の温もりが好ましい。

ぎりぎりまで男を受け入れ、半ば反射的に締め付けながら、圭は自分が身も心も寂しかったのだと知る。

「もっと…もっと抱いて」

涙目でそう口走り、しがみつく。

「きみはきれいだ。そして、なんて可愛いんだろう……」

首筋に押し当てられた唇が熱い。

圭は喘ぎ、求め、身悶えした。

それに煽られたのだろう、男は自分の全てを出し切るかのように圭を貫き続けた。

「あ、ああ……お、落ちる――」

「どこへ？」

「み、水底《みなそこ》」

絶頂を迎えたのは、ほとんど同時だった。

汗ばんだ男の腕を枕に、我知らず圭は呟いていた——すとんと落ち込んだ底から見上げた水面に、懐かしい男の顔が揺らいでいた。

「——しゅ、しゅーへ……」

目尻《めじり》から涙が零《こぼ》れる。

それを舌で舐め取った男はなにも言わず、ぐったりとなった圭の身体を毛布でくるんだ。

「ゆっくりお眠り」

もう雨音はしていなかった。


ブラインドの隙間《すきま》から漏れてくる朝日に瞼を撫でられ、圭は目を覚ました。

深く眠った気がしたが、ベッド・サイドの時計を見れば、わずかに三時間——早朝五時ちょっと前である。

傍《かたわ》らに八木沼の姿はなかった。

きちんとハンガーにかけられ、あるいは畳まれて置かれていた衣服を身につけ、圭は寝室から出て行く。

八木沼は一睡もしなかったのか、バスローブ姿で仕事机の液晶画面に向かっていた。メガネをかけ、くわえタバコで。

自分を『マネーのコーディネーター』だと言った男だ、外国為替市場や海外の株式市場に関わっているのだろう。

「起きたの？」

画面から目を上げもせずに、八木沼は言った。

「コーヒー淹《い》れてあるから、よかったらおあがり」

圭は首を左右に振った。

「もう帰ります。今日も仕事がありますし」

「ああ、そうか」

そこで、八木沼は顔を上げた。

二人は見つめ合った。

あからさまな駆け引きはなかったが、どちらも次の約束を口にしなかった。

身体の相性は良かった。

しかし、身体を重ねたことで、お互いに分かってしまったことがある——圭はまだ前の恋を終わらせてはいない。

元彼と八木沼を較べずにはいられないのだ。較べながら、五感の全てで忘れかけた元彼の姿を手繰り寄せようとしてしまう。

捉《とら》われている。

別れの言葉を聞かなかった恋はいつ終わるのか。

「わたしはね……――」

言いかけて、八木沼は首をゆっくりと左右に振った。

圭には彼の言いたいことが分かる気がした。

八木沼はまた液晶に視線を戻した。

「じゃあ、気をつけてお帰りなさい」

「家具の手配はしておきます。来週には届くように致しますね」

「連絡先はこれね」

差し出された名刺を恭《うやうや》しく両手で受け取り、圭は一礼した。

「さようなら、八木沼さん」

清々《すがすが》しい朝の空気を胸いっぱいに吸い込み、圭は駅を目指して歩いた。

みじめな気持ちだった。

(分かってるさ、あんな人はそうはいない)

圭が恋人にしてくれと言ったなら、八木沼は拒まなかったに違いない。

あの大人の男は、圭が前の男を引き摺《ず》ったままなのも承知の上で、受け入れてくれたはずだった。

結局のところ、それが前の男を忘れるための最良の方法なのかもしれない。

けれども、とてもフェアな関係とは言えないし、そもそも圭は安藤のことを忘れたいのかどうか……。

安藤はまだ身近にいすぎた。

彼がデザインした家具に囲まれた仕事なのだ。その才能に感服し、効果的に展示する方法を考え、広く世間に紹介・販売している。

シューヘイ・アンドーは今は大友家具の専属ではなくなったが、依然として『アン・ドゥ』のデザイナーとしての契約は継続していた。

彼の性格上、定期的ではないにせよ、ときどき思い出したかのように当ブランドのためのデザインをメールで送ってくる。

ニューヨークが彼にもたらしたものは大きく、アイディアはますます研ぎ澄まされ、その進化は留まることを知らない。

家具から始まったデザインはファブリックや生活雑貨にも広がり、最近ではルームシューズやハウスウェアにも提案がある。

（あいつの世界はどんどん広がっていくなぁ）

彼の活動を喜ばしく思いつつも、一言もなく置き去りにされた恨み、悲しみは圭の心の底でとぐろを巻いている。

安藤にとって、自分とは一体なんだったのか。圭にとって安藤は、唯一無二の人間だったのだが……。

企画者としての圭の手を離れ、次々と生み出されていく安藤の作品に囲まれながら、相変わらず恋人だった男の才能に跪《ひざまず》いている。

企画チームから営業に移ったところで、大友家具にいる限り、圭は安藤から離れられはしないのだ。

（……どうしたらいい？　僕はあいつを過去に追いやらなきゃ、前に進んでいけないよ。どうしたら忘れられる？）

代々木八幡《よよぎはちまん》から新宿《しんじゆく》へ。

そこで地下鉄に乗り換えて、中野《なかの》にある自宅マンションに戻った。

エントランスのメールボックスを覗き、新聞と郵便物を取り出す——と、そこに一通のエアメールを見つけた。

あろうことか、安藤からだった。

圭は震える指先でびりびりと封筒を破り、中のカードを取り出す。


『ケイ、久しぶり。元気か？　そろそろ誕生日だったよな。おめでとう。

こっちの仕事が一段落ついたから、近いうちに一度日本に戻ることになりそうだ。

お前のほうにも話がいくと思うけど、K…社がオレの作品展をやりたいって言ってきたんだ。大友家具も一枚嚙むことになるらしい。過去のデザイン帳やサンプルなんかも出すから、お前にも動いて貰うことになると思う。

よろしくな、マイ・ラブ。

早くお前の顔が見たいよ。

安藤　修平』

読み終えた圭はしごく複雑な気分だった。

憤然として呟いた。

「なに…これ」

安藤の文面は微妙だ——仕事仲間に対するには馴《な》れ馴れしすぎるし、恋人に対するには素っ気無さ過ぎる。

（友達以上、恋人未満…ってやつ？）

歌の歌詞でもあるまいし、安藤的には非常に都合の良い距離感だろう。退《ひ》くも進むも安藤次第ということだ。

向こうでの安藤の素行が圭の耳に入らないわけはない。

かなりハメを外しているという話は、もと所属していた商品開発部企画チームの先輩からやっかみ半分に聞かされていた。

『あの人、男もいけるんだってな。お前、知ってた？　もぉ、男も女も入れ食い状態だってよ～。すっげえな、芸術家はよ』

安藤が圭と付き合っていたことは、社内では誰一人として知る者はいない。

（僕は会いたいんだろうか？）

今の安藤に。

あれから二年が経った。

自分のほうは、なにも変わらないと言えば変わらないが、変わったことも確かにある。

たとえば、二人で住んでいた三鷹《みたか》のマンションに住み続けるのが耐えられず、ここに引っ越してきたのは青山ショールーム勤務になったのとほぼ同時期だ。

昨年の冬には全く美味しいとおもわなかったウイスキーが飲めるようになったし、その春にはなぜかイチゴ味に香り付けされた菓子が苦手になった。

当初、販売の仕事は単調だと思っていたが、この頃では顧客とのやりとりが面白くないこともない。

圭をいたく気に入ってくれ、改装する飲食店の内装から家具・食器類のセレクトに至るまでの全てを任せて貰えるような出会いもあった。

「――…誕生日おめでとう、か」

誕生日は去年もあった。

その前の年は二人一緒に住んでいたはずだが、カードどころか、祝ってもらったという記憶すらない。

ふと気づいた。

「昨日だったんだ…！」

九月十八日、昨日が圭の誕生日。

乙女座で、ちなみに血液型はA型。

「僕は二十九歳になったんだな」

つまり、あと一年で三十歳――それを思うと、いささか微妙な気持ちになってきた。

子どもの頃には三十歳は完璧《かんぺき》な大人に見えたし、誰でもそうなるんだと思っていたが、実際はそうでもない。

（いまだに僕はなにも持ってないし、なにかをやり遂げたってこともないんだよな）

社会人二年目くらいから、進歩したという実感がほとんどない。

そろそろ結婚を考えるという同級生は増えてきたが、圭の場合はそれ以前の問題だ。なにせ自分のセクシャリティの方向性がよく分からなくなってしまっている。

結婚して、家庭を？

親になることは想像すら出来ない。

では、なんのために生きているのか――今の仕事が生き甲斐《がい》だとは言えない。安藤が去って、企画チームに身を置く意義を失った圭の逃げ場なのだ。

持ち前の責任感で青山ショールームを鮮やかに切り盛りしていても、正直なところ、本人的には生活費を得る手段だとしか見なしていない。

少なくとも、それ以上の仕事だと思ったことはまだなかった。

（ま…ね、充実してようとしてなかろうと、命ある限り、人はどうにか生きて行かなきゃならないもんさ）

圭はマイナス感情を振り払うかのように首を横に振った。

「とりあえず、昨夜は楽しかった。案外いい誕生日だったのかもしれない」

美味しいワインでの乾杯があった。

男は優しく圭を抱き、全身で愛してくれた——身体中くまなく。乾ききっていた身体と心がしっとりと潤った。

その温もりはまだそこかしこに残って、しばらくは消えないだろう。

(夢を見そうだよ)

ちょっと思い出しただけで、もう下肢に震えが走った。堪らなくなって、圭は胸の前で腕を交差させ、自分で自分をぎゅっと抱き締めた。

そう——たった一夜の相手としては、八木沼という男は上等すぎた。

＊

誕生日の夜から三日経たずして、圭《けい》は古巣の本社の商品開発部から呼び出しを食らった。

予想に違わず、シューヘイ・アンドーの作品展に向けて、準備を手伝うようにというお達しだった。

　圭は固辞したが、通らなかった。

『きみがやらないで、誰がやれるって言うんだい？　アンドーを見出したのはきみじゃないか。きみにとってもいい節目になると思うんだがね』

　商品開発部の部長は、圭がやる気を取り戻して、自分の膝元《ひざもと》へと戻ってくるのをいまだ待っているのだ。

　今現在の直属の上司で、青山《あおやま》ショールーム店長兼専務からも電話を貰《もら》った。

『きみが忙しくて青山が手薄になるようなら、わたしが一度そちらに戻るから。とにかく作品展のほうに力を入れて欲しい。社名をバンと表に出した上で前面協力して、アンドーの作品展は是が非でも成功させなければならない。我が社的にね』

　この数ヶ月神戸《こうべ》のショールームにかかりきりで、家族のいる東京《とうきょう》になかなか戻れないでいる専務からそう言われてしまっては、了承しないわけにはいかなかった。

　さらに嬉《うれ》しがらせを言われた。

『きみが上手《うま》くやるのは分かっているが、古巣の企画チームに戻りたいなんて言わないでくれよ』

「それは…ご心配には及びません」

『きみほどセンスがある営業マンはなかなかいないんだからね』

普段、褒《ほ》め言葉を出し渋る専務がそんなことを口にしたのに、さすがの圭も喜ばしく思わずにはいられなかった。

実際のところ、作品展を成功させたところで、もはや企画チームに戻ることはないと思う。

圭があれほど商品企画の仕事にのめり込んだのは、安藤《あんどう》の才能に惚《ほ》れ、彼を世に出したいと願い、世に出さなければ…という使命感に燃えたからだ。

他のデザイナーとのコラボレーションが上手くいくとは思えない。

そもそもの始まり――圭と安藤は高校時代のクラスメートだった。

二人とも美術部に所属していたが、安藤が学校をサボりがちだったせいで、美術室で顔を合わせることはあまりなかった。

しかし、その当時から安藤のデッサン力は群を抜いており、美術室に彼が置き忘れたスケッチブックを見て、後頭部をガンと殴られたかのようなショックを受けたことを圭はずっと忘れられなかった。

下手の横好きで愉快なコラージュ作品を制作していた圭とは、まったく次元の違った研ぎ澄まされた才能だった。

最後の文化祭のとき、安藤はかなり場所をとる展示作品を制作した。

模造紙に描いた深い森を背景に、『不思議の国のアリス』に出てくるようなティー・パーテイ風にテーブルセットを並べたのだ。

歪《ゆが》んだ丸テーブルに微妙に足の長さの合わない椅子《いす》が四脚。

テーブルの上には紙粘土で作ったティーポットやティーカップが並んだが、これらもまた絶妙な加減で歪んでいた。

それぞれの歪みは、作品全体というか、空間全体に動きを与え、あたかもパーティの奇妙なメンバーがそこにいるかのような楽しげな雰囲気を醸し出していた。

顧問に頼まれ、圭はその制作の仕上げを手伝った。

『おい、お前ぇ、次はカップにニス塗っといてくれや。薄く二回だ、出来っか？　頼むから、あんまテカらさねえでくれよな』

見下した言い方をする安藤の後頭部を教師がスコンと殴った。

『南野《みなみの》は後輩じゃないだろが！　それに、こういう細かい作業は、たぶんお前よりもずっと得意だよ。去年の展示作品のうち、お前さんがベタ褒めしてたあの近未来なドールハウスを造ったのは彼だぞ』

『え、マジ？』

安藤は作業の手を止め、そこで初めてまともに圭の顔を見た。

『あんた、名前なんてったっけ？』

二年連続で同じクラスだったというのに、名前すら覚えられていなかったのは心外だった。

圭の口調は自然と嫌味っぽくなった。

『南野。南野圭っていうよ。安藤くんとは、去年も同じクラスだったんだけどね』

安藤は目を丸くした。

『去年もってことは、今年もか！』

『そうだよ』

圭が頷《うなず》くと、安藤は自分で自分の両頬《ほお》を叩《たた》いた。

『ううう、マジかよ…！　クラスにこんな美形がいるのにも気づかなかったなんて、オレ、かなり勿体《もったい》ねえことしたのかもな』

『言っただろ、高校生活をもっと楽しめと』

顧問がすかさず言った。

『バイト先で大人の知り合いを増やすのは結構なことだが、お前の身分は高校生なんだ。同じ歳《とし》の連中と付き合うのも大事なんだって』

安藤がトイレに立った隙《すき》に、顧問の教師は、安藤が生活費と進学費用を稼ぐためにアルバイトに明け暮れていることを話してくれた。

高校に入ってすぐ、安藤はたった一人の肉親である祖母を失ったのだという。

文化祭当日の朝までかかって完成した安藤の展示作品は、多くの人の足を止め、校内外問わずして話題となった。

まだ少年だった圭はその才能に嫉妬《しっと》を感じずにはいられなかったが、それは自分が『凡人である』というはっきりした気づきに繋《つな》がった。

大人への第一歩だった。

後夜祭のバンド演奏を遠くに聴きながら展示品を片付けるのを手伝ったとき、残酷なほどに才能を見せつけたはずの安藤がぼそりと言った。

『ありがとな、南野。お前が手伝ってくんなきゃ、とても間に合わなかったわ』

圭の胸はカッと熱くなった。

たったそれだけの感謝で報われたと思わせるのが、天才の天才たるゆえんだ。あるいは、無自覚な恋心のせいだったかもしれない。

やがて、音楽が変わった――後夜祭もたけなわ、フォークダンスの時間だった。

『踊ろうぜ』

安藤が言い、圭の手を取った。

まだ散らかった美術室で二人、少年たちは素朴なステップを踏んだ。

そのとき、どうしてか男同士が手を繋ぐことに抵抗は感じなかったし、踊ることで気分は高揚した。

ぐるぐる回りながら、どちらもげらげらと気が違ったかのように笑い続けた……——。

しかしながら、そんな文化祭の後も、二人の関係が急展開するには至らなかった。

教室ではろくに会話することもないままに卒業し、それぞれ希望した大学に進学した。圭は都内の中堅私大の経済学部に合格、安藤はもちろん美大へ。

彼らの道は完全に分かれ、その数年後に一緒に仕事をするようになるとはどちらも夢にも思わなかった。

再会したのは、圭が大友家具《おおともかぐ》に就職して一年目の秋だ。

個展をやっているから見に来てくれという葉書《はがき》を貰い、空き時間に銀座《ぎんざ》の古い画廊ビルを訪ねた。

斬新なデザインの照明器具の下、これまた斬新すぎるテーブルや椅子、カウチ・ソファ……見事な模型が所狭しと並べてあった。

(こ、これって……!)

圭は驚くとともに、これら作品を広く世間に知らせねば罰《ばち》が当たるに違いないという、どこか脅迫めいた強い義務感に襲われたのだった。

『おう、南野。よく来たな』

ほぼ真下から声がかかり、圭は飛び上がりそうになった。

展示室に人影はなかったのだ。

そのとき、急に床が歪み……——床というか、ラグの模様が浮き上がったかのように見えた。

もちろん浮き上がったのはラグではなくて、同じ模様のシャツを着た安藤だった。

『あーっ、よく寝た』

まだらに染めた髪を掻《か》き掻き、ぐーっと伸びをした——髪の毛もラグのようだった。

どうして笑わずにいられただろう。

『久しぶりだね、安藤』

『おお、究極美少年アンドロイドがスーツなんか着て！』

『そりゃ今はサラリーマンだもの……それにしても、なんなんだよ、その究極美少年アンドロイドってのは』

『高校時代のお前のこと。あの文化祭の後、学校行ったときは結構観察してたんだぜ。顔きれい、頭いい、育ち良さそう、愛想もいい。そういうあり得ない美少年はアンドロイドだろ。同じ人間と思ってたら、やってらんないや』

圭は握手を求めるかのように手を差し出し、安藤は意図を測りかねながらもそれを握った。

『ほら、普通の人間の手だよ。アンドロイドなんかじゃない』

て。

『どうやらそうみたいだな』

二人は目と目を合わせ、少しぎこちなく微笑《ほほえ》み合った——おそらくは恋愛の始まりを予感して。

おもむろに安藤は立ち上がった。

そして、自分の作品の一つ一つを圭を相手に説明し始めた。そうすることで、会わなかった数年間を埋めようとしたのかもしれない。

『で、きみのデザインを買おうって人は現れた?』

圭が言うと、苦笑いした。

『なかなか…ね。たぶん時代が悪いんだろーよ』

『時代はそう悪くないさ。僕がなんとか出来るかもしれないよ。期待しすぎないで、待っててくれない?』

『期待はするよ、いつだってね』

言って、安藤はにやりと笑った…——。

当時、圭には小さなあてがあった。

冬のセールの直前には、翌シーズンのための会議が何度も行われる。ちょうど社内で企画コンクールが開催されることになっていた時期だった。

圭は早速『婚礼家具の老舗《しにせ》が、同棲《どうせい》する若者たちを応援するのはタブーか？　オシャレなカタログを作成し、若い世代を家具マニアにさせるための戦略』というテーマで企画書を作成、安藤にいくつかのデザイン画を描かせたものを添付した。

それが役員会にまで上がっていくとは、作成した本人の圭でさえ、その時点では思いもしなかった。ただ、上の誰かが安藤のデザインに目をつけてくれれば…と願っていただけだったのだ。

アルバイトでぎりぎり食いつないでいた安藤が圭の部屋に転がり込んできたのと、圭の企画書が社長賞に輝いたとの知らせがきたのはほぼ同時期だった。

その後、安藤は大友家具と二年間の専属契約を結び、さらにその後二年間の契約延長にも同意した。

まるまる四年もの間、圭は安藤と公私を共にした。

一緒に喜び、泣き、笑い、傷つけ合い、そしてときには取っ組み合いのケンカもして……──かなり濃い四年間だったと思う。

正直に言えば、相性はあまり良くなかった。

心身ともに。

突然の恋に落ちるとき、相性の善《よ》し悪《あ》しを考える余裕はない。恋は盲目とはよく言ったもので、趣味嗜好《しこう》や価値観の違いまでもが些細《ささい》なことに思われるからだ。

相性がどうかと考えるのは、おそらく別れが目の前に見えてきた頃だろう。

全《すべ》てに無軌道な安藤との生活で、圭は常にストレスを抱えていた。そのくせ常に刺激的で、快楽的でもあったから始末におえない。

とにかく、自分が「生きている」ということを強く実感することが出来た充実の日々だったと言うことは出来るだろう。

安藤を好きだった。

それに嘘はないのに、全てを受け入れるのは辛《つら》かった。

許せないと思うことは日々少なくなかった。

安藤の才能は認めていても、その甘えや小狡《こずる》さの全てを受け入れることには常に抵抗があった――でも、受け入れようと努力した。

受け入れなければならないと思った。

そのせいで、押し潰《つぶ》されそうな胸を抱えた。

安藤は煩悶《はんもん》する圭に苛立《いらだ》ち、ひどい言葉を浴びせ、見せつけるかのように行きずりの相手と関係を持つのだった。

圭の包容力に問題が……――いや、圭の名誉のために言うが、それはむしろ普通よりも大きめだったことに間違いはない。

安藤のたがが外れすぎていたのだ。

安藤が事前に何の相談もなくニューヨークに発《た》ったとき、圭は酷《ひど》い仕打ちだと嘆き、落ち込んだけれども、胸の片隅ではホッとしていたのも事実だった。

これで少し一人の時間が持てると思った——少なくとも、安藤がもう帰って来ないかもしれないと悟るまでは。

(節目…ね、そうかもな)

空白の二年を置いた今こそ、ずっと棚上げにしていた圭と安藤の関係を見直すときなのだろう。

さようならも言わないで離ればなれになったが、それを一時的なものとするのか、永遠とするのか。

この際、安藤がなにを考えているのかは無視だ。

肝心なのは、圭がどうしたいかだった。

すぐに本社とショールームを行ったり来たりの日々が始まった。

朝はショールームのほうに出勤し、部下の小塚《こづか》と弓槻《ゆみつき》、パートの二人の女性に指示を出す。

午後からは本社だが、ショールームの閉店間際には戻って、副店長として出納帳や出荷の確認をしなければならない。

それでも、慌ただしい時間をやりくりし、甘い一夜をくれた男のためにいくつかの家具を選んだ。

ソファにテレビ台、小さなテーブル、間接照明…など。

カタログを切り抜いて、記憶を頼りに描いた間取図に既存家具と提案する家具を入れたものを添えて、見積書を郵送した。

八木沼は電話で全部購入すると返事してきたが、あいにく圭は席を外していた。

部下の応対に別段不備はなく、電話をし直すことは出来なかった。

せめて彼が指定してきた希望配送日時に添うように、運送会社などの手配は圭が自ら行った。

手配する間も人恋しさが込み上げてきた。

(もう一度会えないかな、あの人に)

思うだけで、圭はまだ行動を起こすところには至らなかったが。

二重の仕事でくたくたに疲れているにもかかわらず、やっと巡ってきた休日に圭は部屋の整理整頓を思いついた。

散らかってはいないが、どうも物が多いような気がしてしょうがない。雑誌や本、ＣＤ、洋服、鍋《なべ》、食器……これらはこれほど必要なのだろうか。もうほとんど使うことがない古くて子どもっぽいものを、勿体ないという理由で捨てずにきちゃおう！」

てしまった。

「この一年以内に使用していなかったら、この先もきっと使わないな。よし、思い切ってやっちゃおう！」

とりあえず、ここに引っ越してきてから利用していないものを特にピックアップし、捨ててしまうことに決める。

基準を決めたからか、仕分けは割と時間がかからなかった。

しかし、その山と積まれた品物を前に呆《あき》れ返った――なんと、この部屋にあるものの三分の一が捨てても構わないものだった。

「……つまり、僕は捨てるのが下手なんだ」

入れ込みすぎてしまうのだろうか。

思えば、子どものときからそんな感じだ。

幼児期には気に入りの毛布を手放せなかったし、同じ絵本を執拗《しつよう》なくらいに読んで欲しいと母にねだった。

長じてからは、これと思った音楽のＣＤはプレイヤーが熱くなるほど繰り返し聴いたし、これと思った映画は何度も何度も観に行って、場面転換どころかセリフまで覚えてしまったほどだ。

人間関係においても、そんな感じで……——例えば、転校して行った友だちのことをいつまでも忘れられず、翌日からその子がいないことを気にもしないクラスメートたちを冷たいと思うような子どもだった。

卒業式では毎回のようにほろりとした。

そういう自分を気恥ずかしく思い、二十歳を過ぎてからは感情を押し殺し、表情を取り繕うことを覚えた。

忘れる・捨て去ることは脳のキャパシティーを考えても当然必要な機能なのだが、どうしてか記憶から抜けることに抵抗してしまう。

なかなか身軽になれない。

捨てる予定の物品の山から、圭は一つのマグカップを取り上げた。

ピカソチックなタッチで描かれた人の顔のイラストは、もちろん圭の趣味ではない——そう、安藤が使っていたものだった。

食器棚の奥に置いたまま、ずっと触れることはなかった。

二人で旅行した館山《たてやま》のペンションで出されたカップで、かの男は気に入ったという理由でこっそり持ち帰ったのである。

圭は良くないと止めたが、安藤は聞き入れなかった。欲しいものは手に入れないではいられない性分だった。

「パクるくらい気に入ってたんだから、アメリカにも持って行けばよかったんだよ」

圭は床に叩《たた》きつけたが、無駄に丈夫なカップは割れなかった。

仕方なく拾い上げ、再び廃棄予定の山に戻した。

この一連の動きによって決心がついたのだろうか、引っ越した後も梱包《こんぽう》を解かないままにしていた二つの段ボール箱とも向き合う気になった。

荷解きをした。

中身が何であるかは忘れていなかったからそのまま捨てても良かったが、今の自分がそれを見てなんと思うか知りたかった。

ベリベリと手荒らにガムテープを剝《は》がした後に、きちんと畳んで納められていた衣類を目にする。畳んだのは圭だが、衣類の持ち主は安藤だった。

安藤が好んでつけていた香りがふわりと漂い、瞬間的に慕わしさが込み上げてきた。

そして、ピンクや紫、オレンジ……目がチカチカしてくる色彩が飛び込んでくると、不意に――圭はむしゃくしゃした気分になった。

（そうだよ…。デザイナーとしてのセンスはあっても、自分の身の回りに関しては趣味が恐ろしく悪い男だったんだ！）

仕事は最高、プライベートは最低――そういう極端な人間だった。

本人に会わずに、ただ仕事場でその作品の見事さに恐れ入る日々が続いたせいか、圭は安藤との同棲生活にあった苦々しさをかなり割り引いていたかもしれない。

圭の平穏な日々は安藤に食い破られていた。

圭の落ち着いた好みが安藤のけばけばしい好みに浸食され、圭が圭らしくいられなくなっていくのは恐怖に近い感覚だった。

整然とした棚が引っ掻き回されたのと同じように、規則正しさも精神的な落ち着きも失われていった……。

圭は安藤の衣類を無造作に取り出し、廃棄の山に加えていく。

それらのうちの何点かの上質で落ち着いた色彩の衣類は、圭が安藤にプレゼントしたものだった。

ネクタイ、靴下、カーディガン、ネルのシャツ……などなど。

（これとか、ちょっと勿体ないかな）

気に入らなかったのだろう、安藤はろくろく袖《そで》を通さなかった。彼が着用したのを目にした思い出もない。

とはいえ、自分が着るにはサイズがやや大きい。

「……小塚にでもやるか」

とりあえず背丈は同じくらいだったはず。

あの粗忽《そこつ》な後輩には似つかわしくない良質の衣類だったが、どこか貧乏臭い趣味の悪さがこれで少し改められれば御《おん》の字だ。

スタイリッシュな店で、野暮天《やぼてん》な男と仕事をするのはうんざりする。

圭はそれらを紙袋にざっと詰めた。

他の廃棄する物品については、てきぱきと、雑誌類は紐《ひも》で括《くく》り、その他はビニールのゴミ袋に詰めた——一番大きい袋が五つ分になった。

終わりに手をパンパンと叩きながら、圭は部屋をぐるりと見回した。

部屋にゆとりの空間が出来ていた。

必要最低限を見極められるのは素晴らしい。より出来る男になったような錯覚に、なんだか笑えてきた。

「捨てるって気持ちいいや」

これでだいぶ身軽になれただろう。

もうどこへでも飛んで行けそうなほど……——。

(生きていくために必要なもんって、案外に少ないな。まあ、八木沼《やぎぬま》さんほどではないけどね)

思えば、八木沼の部屋は空間が余りすぎていた。

イギリスから帰国したという彼は、どんなに多くのものを手放してきたのだろう。

そんな彼はもちろん出来る男に見えたが、なにやらスカスカと孤独そうなのが気になった。

(もしかしたら、取捨選択を…間違ったのかも。だからバツイチ?)

捨てる・忘れることは大事だが、捨ててはいけないものがあるのも事実だ。また、拾い集め、積み上げねばならないものもある。

そういうことを八木沼と話してみたいと思った。

自分が捨てられない人間としたら、彼は捨てすぎてしまう人間なのかもしれない。

そうでなくても、彼となら、抽象的な話も時事的な話も茶化すことなく語り合えるだろう。

圭は彼にもう一度会いたかった。

無性に彼に会いたいと思った。

自分の直感を信じるならば、圭と八木沼は時間と空間を分け合える者同士だ。

（もっと早く整理すればよかったんだ、修平とのこと）

八木沼のような相手と再び出会うことはあるのだろうか。出会えずに、自分が一生一人で生きていくのだと考えるのは切なかった。

「やっぱり、会いに行こうかな……」

連絡先も自宅の場所さえ分かっている。

足りないのはきっかけだけだ。

運送会社のほうから配送の際に破損事故があったとの連絡を受けたのは、圭が本社ビルの地下倉庫で初期の『アン・ドゥ』の折り畳みテーブルを探していたときだった。

ようやっと見つかった品は、撮影に使ったきりで仕舞い込まれていたものだったが、保存状態はあまり良いとは言えなかった。

埃《ほこり》は払えばいいにしても、反り返った天板の剝《は》がれや大きな傷はどうにもならない。

「これじゃ展示作品としては出せないなあ。どっか支社の倉庫にでも残ってないか、あちこちに問い合わせしなくては」

「無造作に積まれていたのを見ると、当時はこうも有名になるとは思わなかったんですねえ」

手伝いに連れてきた小塚に頷き、圭は当ブランドの始まりを説明した――ほんの数年前のことなのに、もう懐かしい出来事として思い出されてきた。

「たぶん一時的にでも会社が活性化すればいいってノリで、僕の企画書に白羽の矢が当たったんだよ。経営的に膠着《こうちゃく》状態が続いていたからね。もちろん社内には反対意見も多かった。そんなんで、どうしても低予算での製造に甘んじるしかなくて、ここらへんのモデルは耐久性に優れているとは言えないんだ」

「素材はやや安っぽいけど、デザイン的にはさすがに斬新ですよね。縁がモザイク模様になっているところが好きだなあ」

「この後に出たモデルだと、縁じゃなくて天板の全面がモザイクだよ」

「それ、見たことあるかもしれない」

「ドラマで使われたんだ」

「パピーズの森田《もりた》くんが出てた『はたらけ、ガブリエルくん』でしょ?」

「お、よく知ってたな。インテリアでもちょっと話題になったっけね」

「オレ、それ見て、大友家具を就活先の一つにリストアップしたんですよ。森田くんがこう斜めに寄っかかって座ってた椅子が気になって……――」

小塚とそのシーンのことで盛り上がった。

仕事ではまだまだ任せられる部分が少ないものの、小塚は無駄にコミュニケーション能力が高い。

安藤の服を譲ってからは、圭に嫌われていないと確信したのか、以前よりも懐いてくるようになった。

圭の携帯電話が鳴り出した。

「ちょっとゴメン」

それが、運送会社からの謝罪の報告だった。

『南野さーん、申し訳ございませんっ』

社長は平謝りに謝ってきた。

なんでも、商品を設置しようと八木沼のマンション内に運び入れた際に、誤って壁を擦《こす》り、壁紙を損ねてしまったのだという。

『もちろん丁寧に謝らせていただきましたし、お客様もお怒りのご様子ではございませんでした。かえってこちらに怪我《けが》がないか聞いてくださっていたと、現場の者が恐縮しておりましたよ』

「修理の手配のほうは？」

『はい、対処しております。今頃は担当の者が現場に出向いて、その段取りをつけているところでしょう』

「それなら、たぶん問題ないですよ。ご苦労さまです。念のため、僕も早々にお客様のところへ謝罪に伺いますよ」

『ホント申し訳ありませんでした。修理代についてはもちろんこちらで……。これに懲りず、どうか今後とも……――』

「ええ、よろしくお願いします」

電話を切ったとき、圭はもうすぐにでも出掛けるつもりになっていた――八木沼のところに行かなくてはならない。

責任者として謝罪に行くのは当然のことだが、彼に会う正当な口実を得て、圭は胸を躍らせ始めていた。

(……会える！)

あの夜以来、八木沼のことを思わない日はなかった。

近いうちに帰国するという元彼のために立ち働きながら、圭の頭にあったのはいつかの夜の相手のことだったのだ。

もう二度とあんなことはないだろうと思い、安藤とのことを整理せずにベッドでその名を呼んでしまったこと、それを負い目に、また会う約束をとりつけなかったことを悔やんでいた。

彼とのセックスは素晴らしかった。

日が経つにつれ、細かいことが次々と思い出されてきた——較《くら》べるのはどうかと思うが、安藤との行為で、あんなふうに大事にされていると感じたことは一度だってなかった。

（八木沼さんはどうだろう。僕にもう一度会いたいと思ってくれているかな。あっさり帰してしまったって後悔してくれてたらいいのに……）

それとも、とっくに「ある一夜の出来事」として過去に追いやってしまっただろうか。その気にさえなれば、彼は相手を得るのに苦労しないだろう。

もう一度会いたい。

会って、本当にいい男だったのか確認するだけでもいい。

（さあ、会いに行こう）

圭はわざと神妙な顔つきで小塚に言った。

「なんだかトラブルが起こったようだよ。相手はお得意さまだから、僕が顔を出さないわけにはいかない」

「大丈夫ですか？」

うんと頷き、後のことを押しつけた。

「この折り畳みテーブルの問い合わせはきみに任せよう。とりあえず、全店ファックスを入ればいい。難しいことじゃない。出来るよね?」

「はい」

「それから、三本足のチェアもこの倉庫にあるはずだから、探しといて欲しいんだ」

「どのへんですか?」

「え…と、あのへんだったと思うよ」

倉庫は広い。広い上に、乱雑に積み上げられている。

探し出すのはきっと至難の業《わざ》だろう。

しかし、この口ばかり動かすのが得意な男に責任を与えるのは有効だ。忍耐は人間を一回りも二回りも大きくする。

げんなりした顔をする小塚の肩を頼んだよと一つ二つ叩き、圭はいそいそと倉庫を出た。

エレベーターホールに到着したとき、肩で息をしている自分に気づいた――まるで初デートに向かう高校生のようではないか。

笑ってしまう。

(落ち着いて、落ち着いて……)

圭は段取りを考える。

まずは企画チームのデスクに戻り、椅子に掛けておいた上着を取って来なければならない。謝罪に行くのにノースーツはない。

（手土産《てみやげ》はどうしよっか）

渋い見かけによらず、八木沼は甘い物が好きなようだった。

途中にある菓子専門店でなにかチョコレートとか、焼き菓子の詰め合わせを買って行くのがいいかもしれない。

（それと、玄関マット）

殺風景な玄関も気になっていた。

御影石《みかげ》を敷き詰めた立派な玄関なのに、目に入るのは横に立てかけてあるごついブランドもののゴルフバッグばかり。他にはなにもなかった。

ちょうど今、商品開発室には『ル・クプル』シリーズの玄関マットのサンプル品が置いてある。くだんのソファとは色合いが近い。

さて、土産品を両手に抱えて圭が八木沼のマンションの下に到着したのは、運送会社の電話を受けてから一時間も経っていなかった。

圭は携帯電話で八木沼に一報入れた。

「大友家具の南野です」

『あー、南野くん。南野圭くん、だったよね?』

「はい」

名前まで呼ばれ、圭は体温が一気に上昇するのを覚えたが、努めてビジネス仕様に声音を抑えた。

「このたびは、配送の際に不備があったと聞いております。まことに申し訳ございませんでした」

『なぁに、大したことはなかったよ。さっき、工務店の人が見に来て、修理の日にちを摺《す》り合わせて行ったところだよ。さすが、対応が早いね』

「お時間をいただいてしまいまして、誠に申し訳ございませんでした。僕のほうからもぜひお詫《わ》びに伺《うかが》わせていただきたいと思っているのですが、ご都合のほうはいかがでしょうか?」

『そんな…わざわざいいよ、大丈夫。ちゃんと修理して貰えれば充分だからね』

普通なら、話の分かるお客様は有り難いばかりだが、このセリフは圭を大いに落胆させた。

思わず、声が小さくなった。

「あの…実は、僕、もうマンションの下に来ておりまして――」

『え、そうなの? じゃ、上がっておいで』

八木沼はすぐにコンシェルジュに連絡してくれたらしく、エントランスに踏み込んだ途端に丁重に迎えられた。

「南野さまですね、いらっしゃいませ。お待ちかねでございますよ」

貼《は》り付いたような笑みを浮かべるコンシェルジュに案内され、リゾートホテルのロビーさながらのエントランスを横切っていく。

背の高い観葉植物の鉢植えに、南欧風のソファセット……カウンターの向こうの棚に並べられたアルコール類も高価な銘柄ばかりだ。

この間は目的が不純な夜中の初訪問で、造作のいちいちを値踏みするような余裕はなかったが、このマンションはとても金がかかった建物だし、ここの住人はこれに見合った人間ということ。

仕事柄、顧客の家を訪ねることは少なくはない。いい加減、富裕層の人間にも慣れたはずだったが、これは……――。

(普段にしてたら、出会うはずもない人と出会ってしまったのかも……？)

思わず身震いしたが、エレベーターのボタンを自分で押す必要はなかった。

扉が開くと、コンシェルジュは圭を中へ導き、扉を制した上でボタンを押した。

「七階でございます」

狭い空間に一人になって圭は溜息《ためいき》を吐《つ》いた。

訪問の一応の目的が謝罪とはいえ、いつになく緊張を感じ始めていた。掌《てのひら》が汗ばんでくるのが腹立たしい。

エレベーターの扉が開いた途端、八木沼に迎えられた。

「わ、わわっ」

「いらっしゃい、南野くん」

彼のラフな格好に、二度びっくりの圭は目を丸くした——チノクロスのパンツに、ポロシャツだった。

フォーマルなイメージしかなかったが、こういう寛《くつろ》いだ姿も悪くない。日本人離れした腰の高さがよく分かる。

うっとり見とれてしまいそうになるのを我慢して、圭は型どおりに畏《かしこ》まって頭を下げた。

「こ…このたびは粗相がありまして、大変申し訳なく…——」

みなまで言わせず、八木沼は圭の背中をそっと押した。

「よく来たね。さ、お入り」

壁の傷は思ったよりも深く、壁紙を破いただけに留まらなかった。内側のコンクリートまで削っていた。

「これは……もしかして、商品のほうも傷ついているんじゃないでしょうか。そうなら、お取り替えしなければ……──」

「いや、それは大丈夫だったよ。この傷を作ったのは商品を覆っていた段ボールの角だ。ホッチキスが外れかけた箇所があったようでね」

「今後は梱包にも目を光らせるよう申し送りしなくては。本当に申し訳ございませんでした」

眉を顰《しか》める圭に、八木沼は気にするなとばかりに言ってくれた。

「そう神経質にならなくても……。たまたま起こったことだと思うよ」

「はあ」

「わたしとしては、トラブル処理の速さに感心しているんだけどな」

「でも、U…社が寄越した工務店で用が足りるでしょうか。こちらのマンションを施工した工務店にお願いするほうが確実かと……？」

「ま、傷をパテで埋めて、壁紙を貼り直すだけさ。その気になれば、素人でも出来るよ」

痛ましそうに圭が傷の部分を指で撫でていると、男が一歩二歩と近づいてきた。

その気配に圭は息を飲む。

（く、くる……！）

上背のある男の影が壁に描かれたとき、待ちきれず、圭はくるりと振り向いた。

一七五センチを越える圭が見上げねばならないほど、八木沼は大きい。

二人は目を合わせた。

言葉は、要らなかった。

八木沼は圭の細い顎《あご》を捉《とら》え、そっと唇を重ねてきた。

重ねるだけの長い長いキス——なんと甘い。

(これは、恋…だ。もう決定的だ。僕は恋に落ちたんだ)

圭はがたがたと震え出す。

思いどおりのこの展開が、なんだか奇跡のように思われて。

怖かった。

八木沼はそんな圭をひしと抱き締めた。

「——会いたかったよ」

湿った声で言われ、鼓膜が…いや、脳がじーんと痺《しび》れた。

そんな効果を自分で知ってるのか知らないのか、彼は低い声音で甘やかに連ねた。

「どうして早く会いに来てくれなかったんだい? わたしは待っていたのに……」

「待っていて貰えるなんて…——だって、僕は……」

圭は前の恋人の残像をまだ振り切ってはいなかったし、八木沼はそれを察していたではないか。

「こういう出会い、なかなかないよ」

分かるだろ？　と囁《ささや》かれ、圭はこくりと頷いた。

「でも、すぐには分からなかったんです。本当に。日に日に恋しくなっていったけれど……」

「それはわたしも同じだよ。引き止めれば良かったと、どんなに後悔したことか」

「日に日に…――」

圭は、告白する。

「あなたとどんなにステキな時間を過ごしたか、思い出していったんです。あなたがどんなキスをしたか、あなたの手がどんなふうに僕の身体を撫でたか…って――」

圭は八木沼の引き締まった頬に手を伸ばし、そっと撫でた――思いがけないほど滑らかだった。

頬が緩み、幼い頃のえくぼの名残りの縦皺《たてじわ》が現れた。

近すぎて見えなかったが、彼が微笑んでいるのが分かった。

はっきりと告げずにはいられなかった。

「す、好き…です」

八木沼はその手を捉え、指先にちゅっちゅっと音を立てて口づけた。

笑みの形をとった唇が目に入った。

「もっともっと好きになって欲しいな」

「僕で、いいんですか？」

男なのに……。

同性の恋人を持つことは、子どもがいる家庭を諦《あきら》めることになるかも知れない…と、続けた圭の声はとても小さかった。

「一時的な関係はイヤなんです」

「それはわたしも同じだ。きみを逃がす気はないよ」

「それでもいい、と？」

「出会ってしまったからね……」

しみじみと八木沼は言った。

「だから、きみが家族になってくれればいい。ときには妻のように、弟のように、息子のように…ね」

「夫のように、兄のように、父のように……？」

そう重ねて言いながら、圭は自分が求めているのはまさにそれだと思った。

恋愛のハラハラドキドキは前の恋で充分に味わった。

四年近く一緒に暮らしても、空間や時間を共有する家族的な関係にはなり得ない相手だった。もっとも、当時は癒しや安らぎが生きるために必要だとは思ってはいなかったが……。まだ若くて、疲れを知らなかったのだろう。

さあ、今この二十九歳という年齢は若いのか、若くないのか。

いやいや、歳は問題ではない——二十七歳になるやならずで、圭はもう商品開発部のエースと呼ばれることから降りたではないか。

がむしゃらに可能性を試した期間は短かかった。心の拠り所を失ったとき、疲れは津波のように全てを飲み込んでしまった。

（あの頃、僕はマゾだったな）

好きになった相手の才能に跪《ひざまず》かされ、それで当然と思っていたのだから……——さしたる才能を持たずに生まれてきたことを卑下していたのかもしれない。

無理難題を押しつけられても、どうにか叶《かな》えてやろうとした。今だから認めるが、パートナーというよりは奴隷に近かったと思う。少なくとも、自分のためには生きていなかった。

それを証拠に、男が姿を消して、すぐ自分の生きる目的が分からなくなった。

天才はがむしゃらに可能性を手探りして、なにを利用してでも運を手繰り寄せようとするが、巻き込まれる人間は堪《たま》ったものではない。

前の恋愛から学んだこと――自分は自分、相手は相手。

性的に一つになって一体感を得ることはあっても、あくまでも人生はそれぞれだ。

だからこそ、家族という言葉が嬉しい。

忙しすぎて疲れたとき、辛いことや哀《かな》しいことがあったとき、寛ぎ、癒される場所があるのはいい。

また力を蓄えて出て行くとき、頑張れと背中を押してくれるのが家族だ。

そういう拠点を得たら、圭はもっとチャレンジすることが出来るようになるかもしれない。

大した才能はないにしても、最大限の努力で自分の可能性を試してみるのは悪いことではない。

同じように、圭の存在が八木沼の明日の活力となればいい。

二度目の恋は地に足がついている。

「甘えていいよ」

腕の中にいる圭に八木沼は甘く囁いた。

「わたしは甘えて欲しいんだ。わたしのベッドの上で眠そうに目を擦《こす》り、猫のように喉《のど》をごろごろ鳴らして…ね」

「高いお刺身しか食べなくても？」

「ん？　お寿司が好きかい？」

圭は頷いた。

「すごく好き」

「じゃ、食べに行こうか」

「え、これから？」

「そう、今すぐでも」

「もう少し暗くならないと、お寿司屋さんは開いてないかもしれないですよ」

「そっか…そうだったね」

落胆を露《あら》わにした男は、甘えてくれと言ったくせになんだか自分が可愛かった。

（しょげちゃって……アハ、叱《しか》られた大型犬みたいだよ）

圭は爪先立《つまさきだ》ってキスした。

「コーヒーを淹《い》れてください。この間は飲まずに帰ってしまったから」

「ああ、そうだったね」

「お土産もあります。これ、美味しいチョコレートと…それから玄関マット。そう、僕は謝罪に来たんですよ」

「謝罪？　わたしを放って置いたことかい？　それなら、お土産なんかいらないよ。こうしてくっついていてくれればいい」

八木沼は圭をぎゅっと抱き締め、なかなか抱擁を解かなかった。

大きな男の体温や匂《にお》いに魅了されたものの、そうされて心地好くなってしまう自分に圭は照れた。

(女の子になったみたいだ)

二十代の女性ではなく、もっと幼い女子高生か中学生に。堅い胸板を少し押すようにする。

「ね、コーヒー…」

「オーケイ、今淹れよう」

八木沼がコーヒーを淹れている間、圭は玄関にマットを敷きに行った。

リヴィングのソファと同じブルーとグリーンの不規則な縦縞は、白い壁で囲まれた素っ気ない空間にほんの少しの家庭的な雰囲気をもたらした。

(傘立てとコートハンガーも置きたいな)

とりあえずのつもりで取り付けただろうマグネット式の傘立ては、このレベルのマンションにはいかにも不似合いだ。

リヴィングに戻ってソファに並んで座ったとき、圭は八木沼にもっと家具を揃《そろ》えるように提案した。

「営業に来たわけじゃないんですけど、ちょっと気になってしまって……」

「いいよ、きみが思うようにすればいい。きっとそれが正解なんだ」

「私服を見たところでは、あなたはセンスがないわけじゃないのに……どうして？　どうして生活空間を居心地良くしないんです？」

「そういう発想がなくてね……どうも。正直に言えば、わたしは金の増やし方は知っていても、使い方の分からない男なんだよ。向こうにいるときは、家にいるより、仕事場にいる時間のほうが長かったんだ」

「あなた、家族団らんをベッドの中だけでするつもり？」

圭はからかうように言った。

困り顔になって首の後ろに手を当てる男を眺め、圭はくすりと笑った。

「そういうのもアリかな、とは思いますけどね……」

そのスッと目を横に流した表情は、圭本人は無自覚ながら、大層色っぽく見えた。

八木沼は圭の白い首筋に熱い視線を当て、口籠《くちご》もりながら言った。

「うう…ん、それは、きみが口にする限りはセクシーなお誘いにも聞こえるけれど……あまり褒められた生活習慣ではないよね。そう――たぶん、わたしはそろそろ生活というものを見直す時期なんだろう」

落ち着かなげにタバコに火を点《つ》ける。

最初の煙を吐き出すと、八木沼は頭上で霧散していく紫煙を目で追った……――やがて、しみじみと言った。

「せっかく日本に戻って、新しく会社を開くことにしたというのに、もう少しでイギリス時代の生活を繰り返すところだった」

「ワーカホリックは良くないですよ」

圭は言ったが、自分自身にも当て嵌《は》まる。

「もっとプライベートを充実させなきゃ」

「だね。きみに出会えてよかった」

八木沼がタバコを揉《も》み消すのを待って、二人は口づけを交わした。

「わたしはきみを大切にしたい。最高の恋人になるよ。きっと、ね」

セリフそのものより、深みのある声が堪らなくいい。

それは圭を痺《しび》れさせ、まずは脳から脊椎《せきつい》までをゆっくりと侵した。

恋人同士として初めての行為を終え、圭は八木沼の肩を少し囓《かじ》った。

「……こら、痛いよ」

眉を寄せ、耳たぶをひっぱる男をとても慕わしく感じた。

最高のセックスに思われた前回よりも、今回のほうが素晴らしかった。こんなに幸せなことがあるだろうか。

微笑みつつ、とろとろとまどろんでいると、携帯電話が鳴り出した。

仕方なく、圭はベッドを這《は》い出す。

ショールームからだった。

気がつけば、もう閉店時間を過ぎかかっている。

『南野さん、こちらに向かっているんですよね？』

圭が作品展の件に関わるようになって、横浜《よこはま》の店舗から異動してきた小塚の同期。岩城《いわき》という。

大雑把《おおざっぱ》な小塚とは違って、岩城は神経質な小男である。仕事にミスは少ないが、愛想がなくて客あしらいはイマイチだ。

「いや」

落ち着いて圭は言った。

「お客様と一緒なんだ。連絡しないで申し訳ない。今日は寄らないつもりだけど、問題はないよね？」

『はい、たぶん…』

歯切れの悪い返事に、圭は敢《あ》えて突っ込まないことに。

「今日はきみの責任で店を閉めて。ちゃんと戸締まりをして、金庫の鍵《かぎ》を締めること。出来るよね？」

『は…はい』

「よろしく」

電話を切ったか切らないかで、八木沼が後ろからぎゅっと抱き締めてきた。

こめかみにキス。

「クールな店長さんのきみもいいね」

「身分的には副店長ですけど」

「そうなの？　板についていたからてっきり……言われてみれば、そうだよね。いくら仕事が出来ても、こんなに若くて、あれだけ好立地のショールームを任されるのは日本ではあり得ないか」

遠回しの褒め言葉がくすぐったくて、圭は首をすくめてフフ…と笑った。

「僕が舌打ちすると、部下は縮み上がるんですよ。可哀想に…ね」

「サディストの気があるのかな」

「試してみます？」

上目遣いの問いかけのあだっぽさに、八木沼は目をくるりとさせた。

「いやいや、今日は可愛いきみで満足だ。さぁ、寿司を食べに行こう」

そこで、もう一件の電話。

『南野さーん、三本足のチェアやっぱり見つかりません』

今度は倉庫に置き去りにしてきた小塚だった。

「これも全店ファックスだね」

『折り畳みテーブルはどこの支店にも置いてないようです』

「工場や木更津《きさらづ》の倉庫はどう？　保管場所はもっとあるんじゃない？」

『あ、そっか…そうですよね。でも、それ、今日じゃなきゃダメですかね？』

「じゃ、いつやるの？」

冷ややかに切り返した後、圭は電源をぶっちり切ってしまった。

「これで今日の仕事はお終いです」

辛抱強く待っている八木沼にキス。

「その後の報告は聞かなくていいの？」

「本日、火急の報告はないとみなしました。期日までだいぶあるんだ、いつも指示待ちの部下に少しは自己判断させてもいいんですよ」

「きみは全部自分が把握していたいタイプだと思ったけどなあ」

「それ、もう止《や》めようかと思って」

圭は照れくさそうに言った。

「僕も今までのやり方を変えていかなけりゃ。そうでないと、あなたと一緒にいる時間が作れませんからね」

そして、二人はベッド下の脱ぎ散らかした衣類を拾い、出掛けるための身支度を始めた。

圭の乱れた髪を手でよしよしと整えながら、さりげなさを装って八木沼は切り出してきた——ひとつ聞いてもいいかな、と。

「なんです？」

「ん……きみの恋人だった男って、もしかしてデザイナーのシューヘイ・アンドー？」

ぎくりとして、気持ちよさげに細めていた目を圭は開いた。

「僕、また口走って…た？」

「いや、いいんだ。そんなのは気にしなくていい」

「——…ご、ごめんなさい」

かの名を呼んでしまうのは、もはやただの習慣だろう。

「いいんだよ、謝ることはないから」

八木沼はそう言ったが、圭は彼が複雑な表情をしたのを見逃しはしなかった。

（怒っていいのに……）

むしろ、怒って欲しい。

圭は唇を嚙み締めた。

怒るどころか、八木沼は圭の気分を引き立てるように、寿司はなにが好きかと尋ねてくる。

「ウニと大トロ、穴子の白焼き」

わざと贅沢《ぜいたく》なことを言ってみた。

「舌が肥えているね、うちのネコちゃんは」

笑いながら、圭の滑らかな喉をくすぐる。

「思いつく限りの我《わ》が儘《まま》を言って、わたしの包容力を試すといいよ」

「無限大？」

「どうだろうね」

器用に片方の目だけを瞑《つむ》った男は、胸が痛くなるほどに魅力的だった。

＊

圭と八木沼は付き合い始めた。

若者同士の恋愛のような勢いのある盛り上がりこそなかったが、短期間の間にも穏やかで思いやり深い関係が出来上がった。

心の安定を得たせいか、キレるような美青年ぶりの圭に笑顔が増えた。

それに誰よりも早く気づいたのはパートの女性・川口《かわぐち》だった。

川口は小塚たちに言った。

「南野さん、なにかいいことあったようね。恋人でも出来たのかなあ。最近、機嫌が良い日が多い感じよ」

「そうですか？　てきぱきしすぎてて、なんだか近づきがたい人ですが……」

岩城が言うのに、小塚が受けた。

「…ってか、とことん人が悪いんだ。あの人、超ドS」

「そうね、ときどきプレイっぽいかも。特に小塚くんに対しては」

「悪ぃけど、オレはMじゃないんで……付き合いきれないですよ。勘弁して欲しいっす」

「だけど、小塚は南野さんに洋服いただいたんだろ？　可愛がられてて、僕はだいぶ羨《うらや》ましいけどな」

「そら、このネクタイもそうだよ」

「いい柄ね！」

小塚には接客を、岩城には会計を覚え込ませて、圭はショールームのほうの仕事だけでも自分の仕事の比重を減らそうとしていた。

恋人との時間の確保のためもあるが、一人が欠けるだけで回らなくなる職場は組織として健全ではないと気づいたからだ。

顧客の目には麗しい笑みが、部下たちには背筋が凍るほど恐ろしい。

まだ見慣れない上司の笑顔はいつ崩れるか知れたものではないし、笑って言われる嫌味ほど後を引くものはない。

「それにしても、小塚くん、前よりミスが減ったわよ。こないだのクレームも素早く処理出来てて、ちょっとすごいと思っちゃった」

「ホントに？　なら、嬉しいっす」

小塚に嬉しがらせを言って、やる気を引き出す川口は圭に感謝されるべきだった。

「経理処理が得意な岩城くんがいるから、南野さんはショールームを離れられるのよね」

気配り上手のパートタイマーは、新参の岩城を褒めるのも忘れなかった。

とにかく、作品展の準備があるせいで、圭の仕事はこれまでになく多忙を極めていた。ショールーム勤務ゆえに土日休みというわけにもいかない。

恋人とゆっくり過ごすのはなかなか難しいが、良くしたことに、近々に会社設立を控えた八木沼のほうも平日も休日もなかった。

よって、今のところ、二人で遠出するのは不可能だ。週に二日か三日、圭が八木沼のマンションに泊まって一緒に過ごすのが精一杯。

それでも、恋人たちは一緒にいるのを楽しもうとした。

圭が持ち込んだテレビゲームをしたり、野球などのスポーツをテレビ観戦したり、レンタルしてきたＤＶＤで映画を楽しんだり……。

ときには協力し合って、ちょっとした料理を作ってみたこともある。

それほど特別なことをしなくても、ただ肩を並べているだけでも満たされる相手だと知っていくのは悪くなかった。

そして、最初から良すぎると感じた身体の相性が、お互いがお互いのために存在しているのだという確信を与えてくれた。


作品展のパンフレットに載せる画像を選んでいたとき、圭はサイレントにしていた携帯電話が震えたのに気づいた。

夕方六時をとうに過ぎ、企画チームの事務職の女性たちは帰り支度をしていた。

ちらと見遣った画面に恋人の名前を見て、圭は携帯電話を取り上げた。

「もしもーし」

『そろそろ終わる頃かと思ってね……どうかな？　久しぶりに自動車を出したんだけど、きみを迎えに行ってもいいだろうか』

お伺いを立ててくる年上の男が愛《いと》おしく、圭は口元を緩ませた——きっとくだんのダルメシアン犬のように小首を傾《かし》げているに違いない。

「タイミングがいいですね。あと三十分で出られますよ」

『オーケイ』

そこから圭の行動は早かった。

目星をつけた画像に附箋《ふせん》を貼りつけ、伝言メモをクリップし、二つ上階にある広報部まで階段を駆け上った。

広報部の担当者はうだうだと語り合いたい様子だったが、自分が選んだ画像に間違いはないと捲《まく》し立て、早々に退散しようとした——と、

「南野くんって、シューヘイ・アンドーと高校時代の同級生だったってホント？」

呼び止められた。

「ええ、まぁ……」

「彼、美術部だったんでしょ。当時の作品、どっかに写真かなんか残ってないかな。こう、才能見えますって感じのやつ」

「必要ですか？」

「これくらい大きな作品展となると、普通は細々と経歴を並べるじゃないですか。彼の場合、複雑な家庭環境を考慮しなければならないので、身内のインタビューで幼児期のエピソードを並べることが出来ないんでね…。せめて、高校時代の作品でもあれば、スペースが埋まるというか……――」

「なるほど」

圭の頭に浮かんだのは、高校最後の文化祭の展示作品だった――確か、あれは地元の新聞に載ったはずで……。

過去の新聞は国会図書館で閲覧出来るが、正確な日付はどうしたって必要だった。

(あの顧問の先生なら、新聞の切り抜きくらい取って置いてくれそうだ)

圭は母校に電話をかけ、美術部の顧問で美術専任だった江川《えがわ》先生の所在を聞いた。転任し、今現在は別の学校で教鞭《きょうべん》をとっておられるとのこと。

この段階で、自分が指定した約束の時間までもう五分しかなかった。

（余裕だったはずだけど……）

焦る気持ちはありながらも、江川先生が電話口に出てくれると、懐かしい思いでいっぱいになった。

話を途中で切り上げることは出来なかった。

先生はもちろん新聞記事を切り抜いて大事に持っていてくれたし、最近の安藤の活躍もおおよそ知っていた。

『なんだ、プロデュースしたのは南野だったか』

「僕自身には才能はありませんでしたけど、他人の才能を見抜く力はあったようです」

『いやいや、お前も優秀な生徒の一人だったよ。安藤はちょっとスケールが違った。あれが世間に出るのはもっと遅くなるかと思っていたんだが、サポートが良かったんだろうな』

「僕は大したことをしてませんよ」

『謙遜《けんそん》しなくていいよ。ああいう男を理解した上できっちり仕事をさせるのは、想像以上の大仕事だろうからね』

そんな労《ねぎら》いの言葉を貰えるとは思わず、圭の目頭は熱くなりかけた。

切り抜きのファックスを送って貰えることになった。必要に応じて、他にも安藤少年のエピソードを蔵出ししてくれる、とも。

「作品展のチケット、お送りしますね。奥様とご一緒にぜひいらしてください」

『おお、それは有り難いね。久しぶりに会いたいよね』

電話が終わったとき、約束の時間は三十分以上も過ぎていた。

広報担当者に今の恩師とのやりとりをかいつまんで話し、通勤鞄《かばん》を手に会社を出たのはさらに十分後。

八木沼のベンツは本社ビルの裏に停まっていた。

しかし、左ハンドルの運転席にその姿はなかった。

（あれ？）

ビルとビルの間を潜り抜けてくる夕焼けを眩《まぶ》しげに見遣ったとき、圭は同じ方角に白いシャツの背中を見つけた。

海に向かう隅田《すみだ》川の土手の上に、川風に吹かれる男がいた。

「俊治《しゅんじ》さん？」

呼ばわると、くるりと振り向いた。

夕日に縁取られたせいで顔の表情は見えないが、腕を広げて待つ男に駆け寄らずにはいられなかった。

「お疲れさま」

肩を優しくトントン叩かれ、胸がいっぱいになった。待たせた理由を口にすることも出来ず、圭はその肩に額を押しつけた。

「……川を見ていたんだよ」

彼が言う。

「川を？」

顎をしゃくられ、一緒に流れを見下ろした。

肌寒いほど涼しい風が吹きつけてくる。

「もう秋の風だね」

風が川面をざわめかせるのを眺め、やがて冬が来ることを圭は思った。今年の冬は厳しくはないに違いない。

ぽつんと呟《つぶや》くように八木沼が言った。

「イギリスでもよく川を見てたよ、海に流れ着く川をね……」

水の流れは人の心を落ち着かせる。

なにか、心乱れることがあったのだろうか。今はなにが彼の心を騒がせているのだろう。横顔を見上げ、圭は表情を読もうとする。

「川は海に辿《たど》り着いて嬉しがると思うかい?」

思いがけない八木沼の問いに、圭は目をぱちくりさせた。

「……そんなの、考えたことないです」

八木沼はくっくと笑い出した。

「わたしも答えを出す気はないんだよ。ただとりとめもなく考えるだけでね」

「なにか…そう、なにか違うものになれるかもしれないと一生懸命流れてきたとして、辿り着いたのが大きすぎる水溜《みずた》まりみたいな海だったら……——」

圭は考え考え自分なりの回答を口にしてみる。

「しばらく茫然《ぼうぜん》とするかもしれないなあ。……そして、いずれ悟るんですかね。これも水としての自分の運命なんだ…って」

「なにやら哲学的だね」

褒めるかのように、八木沼が圭の小振りな頭を撫でた。

「きみは答えを出そうとする人だね。わたしとまるで違うところが面白いよ」

「ただ…ロマンチストじゃないってだけかも」

「それなら、ロマンチストにしてみせようじゃないか」

なにかと問うように見上げた圭に、八木沼は特別な今夜のプランを言った。

「停泊しているクイーン・ビクトリア号のレストランで食事をして、テーマパークの花火を見ようよ。カジノもあるし、映画館もある。ダンスをしてもいいね」

「ダンス？　男同士で？」

　圭の苦笑いに八木沼は包み込むような笑みを浮かべた。

「フロアがいやなら、デッキで踊ればいい。星空の下でね」

「あなたってロマンチストだ」

「恋する男はみんなそうだろ。違うかい？」


　クイーン・ビクトリア号のメイン・ダイニングでは、八木沼の友人夫妻が待っていた——イギリスからの旅行者である。

　そこで初めて圭は今日が八木沼の誕生日だと知った。

「教えてくれればよかったのに。そしたら、僕だってなにか……——」

「なんだか照れ臭くってね……。祝われて、嬉しがるような歳でもないし」

「あなた、いくつになるの？」

「三十七歳だよ」

　圭は恋人として紹介された。

八木沼がさらりと言ってのけたので慌てふためく間はなかったが、上流階級に属する夫妻は品良く「オウ」と小さく叫んだだけだった。

温かく受け入れられたのは意外だった。

しかし、よくよく考えてみれば、その可能性がない場所に八木沼が圭を連れてくるわけもない。

「とってもキュートね。日本人の若い男の子はみんなこう?」

「シュンジが同性と付き合うとは想像してなかったが、きみがこちらで独りぼっちじゃないことを知って、むしろ安心したよ」

早口の英語は圭には聞き取りにくかったが、大体こんな意味だったと思う。

食事は美味しく、ワインも美味だった。ピアノの生演奏にうっとりし、集う人々の華やかさに見とれた。

すべてが八木沼を祝福してくれているようだった。

食事をした後、四人でビリヤードの台を囲んだ。

イブニングドレスの夫人が優雅な仕草でキューを扱うのを眺めながら、八木沼は圭にルールを説明してくれた。

「まぁ、残念。しくじったわ！　今度はそちらの番ね」

圭は八木沼の教えどおりにキューを持ち、恐る恐る球を突いてみた——勢いが足りなかったせいで、カラーボールは不安定に散った。

「もう少し強くなさいな。怖がらないで、ケイ」

「加減が分からなくて……」

「そこは慣れだからねえ」

夫妻はくすくす笑った。

「よし、指南しよう」

八木沼は圭を後ろから抱くようにして、圭の手に手を添えた。

「わたしがどこを狙《ねら》っているか、分かる？」

圭はこくんと頷いた。

「でもね、布目を読んで、少し軌道をずらしたほうがいいようだよ」

「布目を読む？」

「少し毛羽立っているのが見えないかな？」

さらに身体を屈め、目を細めた。

「……見えます」

「さあ、このラインでいこう」

　二打目はほとんど八木沼が突いたも同然だったが、球は思っていたように転がり、ぶつかって、首尾良くホールに吸い込まれた。

「やった！」

　圭は目を輝かせた。

「もう一打も手伝おうね」

　先刻と同じように、八木沼は圭を後ろから抱いた。

　二度目ともなれば、衆人環視の中で恋人の体温に包まれ、首筋に息づかいを感じることに、気恥ずかしさと甘い気分が込み上げた。

「今度はどこを狙ったらいい？」

「布目関係ナシだったら、こういきます」

「そう。でも、わたしならこっちから狙うね。意図が分かるかい？」

「分かるけど……それって、欲張りすぎじゃない？」

「ゲームは大胆にいったほうがいいよ」

　三打目も八木沼のリードで突いた――見事に決まった。

「次は自力でやってみますよ」

「頑張れ」

夫妻には口々にアドバイスを、八木沼には手取り足取り指導して貰い、圭は初めてのビリヤードを楽しんだ。

ルールはおよそ理解したが、失敗ショットもまだまだ多い。

「圭くん、そこはね……──」

言って、八木沼が後ろから被《かぶ》さってきた。

「ラインが見えるかい？」

息がかかる──少し、熱っぽいような……。

「あ」

二本のスプーンのようにぴったり重なったせいで、八木沼の変化を腰で感じた。

「ちゃんと前を見なさい」

「見てます。見てますけど……」

「気になる？」

「……」

「可愛いな、きみは」

そう囁かれ、圭は背筋を這い上がるものに目を瞬いた。

「さあ、突くよ」

「！」

圭はなにをしたつもりもなかったが、キューは球を突いていた。

球はカラーボールを要領良く三々五々弾《はじ》き飛ばし、幾つかがポケットにすとんすとんと落ちた。

上手くいったと声を上げたのは八木沼で、圭は嬉しがることなく、彼の腕の中でくるりと身体を回した。

台に腰を預け、八木沼をキッと睨《にら》む。

「指導者はストイックじゃないと」

「なに、先生と生徒のカップルはありがちだよ。先生の大人な指導に生徒は否応もなく惚れてしまうんだ。違う？」

八木沼は圭の頰にキスした。

圭は困った顔をする——顔は困惑の表情だったが、本当は身も心も痺れていた。

二人の様子を見てとった夫妻は、八木沼に部屋を三時間ばかり貸そうかと申し出た。

圭は顔を赤らめた。

愛おしげに見遣りながら、八木沼が固辞する。

「それには及ばないよ、夫婦の寝室をお借りするほどわたしは行儀が悪くないつもりだ」

「あなたはそうでも、その子がね……——」

夫人がくっくと忍び笑う。

「心配されているけど、圭くんはどう？　家までしゃんとしていられるよね？」

「え…ええ、大丈夫」

いい子だとばかりに八木沼が頷く。

「そうは言っても、今夜はもう彼を連れて、ぼちぼち自分の巣穴に退散したほうが良さそうだな。誕生日を祝ってくれて、ありがとう。アルバート、エリザベス」

「会えて嬉しかったよ」

四人は代わる代わる握手して、再会の約束をした。

夫人が圭に囁いた。

「シュンジは寂しがりのエゴイストよ。欲しけりゃ追いかければいいのに、自分は基本的に独りぼっちだと諦めてしまうの。お分かりかしら？」

「……承知してます」

「ケイ、また会いましょ」

明日出航してしまうクイーン・ビクトリア号を降りたとき、夜景の東京湾を瞬間的に浮かび上がらせる花火が次々とうち上がった。

ドーン、ドン！

パ、パラパラパラ……!!

自動車に乗り込むなり二人は口づけを交わしたが、その横顔を花火がチラチラと彩る。目を閉じてさえ、飛び散る火花が眩しかった。

溜息混じりに圭は言った。

「誕生日なんてロマンチックな夜なのに、なんのプレゼントもないなんて……用意させて欲しかったな。今夜僕は僕自身しかあなたにあげられるものがない」

「それこそが一番わたしが欲しいものだよ」

「欲がなさすぎですよ」

呆《あき》れたとばかりの圭に、八木沼は真面目な顔で言った。

「そうかな？　わたしはかなりの欲張りだと自分で思っているけどね」

「恥ずかしいことを……」

圭はどうしていいか分からず、八木沼の膝に手を這わせた。

顔を背けているので、手はじりじりと彷徨《さまよ》うばかり……もどかしがって、八木沼は摑み、自分のそれへ導いた。

もう充分に硬い。

「こ…これで、運転出来るの？　家まで行ける？」

　圭の声は掠れた。

「行けるさ」

　八木沼のほうは平静となんら変わらない…――いや、やっぱり少し艶《つや》っぽいか。

「きみは？」

「ぼ…僕は…――」

　揃えた二本指が股間を一撫でしたのに、圭は飛び上がった。

　ふふと八木沼が笑った。

「口でしてあげよう」

「く、口で？」

　顔を上げた圭の目は、八木沼の少し厚めの唇に止まった。

　彼がどうやって自分を愛し、快感を与えてくれるかを思い出すと、脳が痺れたようになって、もはやそれしか考えられなくなってしまう。

「自分でベルトを緩めなさい。ボタンを外したら、ジッパーを下ろして」

　言われるままに動き、下着を押し上げている膨らみを露わにしながら、圭の口から啜《すす》り泣きのような声が漏れた。

自動車の中でよくも恥ずかしげもなく…と思う気持ちがあるのに、今すぐに八木沼に触れられたくて堪らないのだ。

「あぁ、濡れてるんだね……これじゃ可哀想だ」

圭はいやいやと首を横に振ったが、媚《こび》を含んだ緩慢な仕草は制止にはとても見えない。

八木沼が顔を伏せてきたとき、圭は歓喜に震えた。

「ね、ねぇ…」

震える指を髪に入れる。

「あなたの誕生日に、僕がいい思い、変じゃ…——」

くぐもった声が聞いてくる。

「気持ちいいんだね?」

「……う、ん」

「嬉しいよ」

「す、好き……あなたが、すごく好き」

言葉のプレゼントをするという意識もなく、圭は与えられる快楽を貪《むさぼ》りながら、ただ自分の気持ちを呟き続けた。

くぐもった声で八木沼は笑った。

十一月に入って、八木沼は西新宿《にししんじゅく》のホテル内に投資顧問会社を構えた――秘書の男性と事務の女性が一人ずつの。

そのオフィス開きの立食パーティで、圭は八木沼が旧財閥家の末息子として生まれたこと、イギリスでは有名な投資家であったことなどを聞き知ることとなった。

パーティにかけつけたのは、各業界の有名人ばかりだった。

新聞や経済誌でよく見かけるような人物が、自分の恋人に丁寧な挨拶《あいさつ》をしているのは誇らしく思うべきなのだろうか。

戸惑わずに済んだのは、先にクイーン・ビクトリア号で上流階級の世界を垣間見《かいまみ》ていたせいかもしれない。いつの間にか、覚悟というようなものが出来ていた。

もちろん、日本であるゆえに、ここで圭が八木沼の恋人として紹介されることはなかった。

年下の友だち、お気に入りのインテリア・コーディネーターとして紹介され、いかめしい名刺をいくつも受け取ることになった。

大友家具とは親の代からの付き合いだと言ってくる人もいたし、青山ショールームを訪れたことがある人には展示のチョイスがいいと褒められた。

「今度うちの娘が結婚するんだが、新婚夫婦のために揃える家具の相談に乗って貰いたいね」

「きみ、軽井沢《かるいざわ》のホテル『ベルビュー』のメインダイニングを担当したんだって？　あそこ、いいね。清潔感があって、落ち着くよ」

「うちの山中湖《やまなかこ》の別荘をレストランにするとしたら、リフォームからなにからなにまで、きみにお願いすることは出来るかね？　備品のチョイスだけかい？」

圭の容姿、身に着けた完璧《かんぺき》な接客術はここでも役に立った。作り笑顔も上滑りな会話にもさしたる抵抗はない。

窮屈な場だったが、自分が同じ空間にいることで、八木沼が少しでもリラックス出来ていればいいかと思った。

もっとも、恋人の立派そうな肩書きは、圭にはどうでもいいことだ。

品が良くて、自分を甘やかしてくれる年上の恋人…というだけで充分なのだ。

ゴルフのスコアはともかくとして、父親の死で受け取ったという遺産や資産総額などにはまるで興味がない。

ただ、事務所を構えたことで、空間的に八木沼のプライベートとビジネスは分けられた。自宅にあった大きな仕事机は撤去され、自宅はより自宅らしくなった。

これが一番意味のある嬉しいことだった。

喜んで、圭は腕を奮った。

リヴィングには足触りのいいラグを敷き、ダイニングにはテーブルと椅子を入れ、ゆったりと寛げる空間にコーディネイトした。

食事の後、二人で心地好くソファに座っていたとき、八木沼が言い出した。

「そろそろ引っ越してくればいいのに……。一人になれる部屋もあるってのは、もう分かっているよね？」

「今抱えている仕事が終わったら……うん、きっと」

確かに、その気になりさえすれば、次の休日にだって引っ越して来られた。

忙しい時期とはいえ、一人暮らしだ、荷物にしてもたかが知れてる。少し前に大そうじを敢行して、圭は一層身軽だった。

なかなか腰が上がらない理由は、やはり仕事の内容のせいかもしれない。

元彼である安藤の作品展を手掛けていることが、仕事とはいえ、八木沼に対してなんとなく後ろめたい思いを抱かせていた。

吹っ切れたとはいえ、安藤の過去の作品は同棲生活の記憶を呼び覚ます。

懐かしい思い出と出来るほど年月は経っておらず、時に心はきしんだ。安藤が黙って自分の前を去ったのは、やはり圭には大きな傷なのだった。

「その仕事は年末には終わるのかな？」

「いや、作品展は十二月です。僕はパンフレット製作や展示準備を手伝えばいいんだから、今月末には解放されるはずですよ。もともと他部署に所属する僕がしなきゃならない仕事じゃないんですから」

「でも、彼を最もよく知っているのはきみだ」

そう言って、八木沼はあの表情を浮かべた——痛みを苦笑いで散らすかのような、自嘲《じちょう》に近い微笑みだ。

「それ、ちょっとは皮肉？」

軽く睨《にら》んでみた。

いやいやと八木沼は否定し、両手を掲げて首を横に振った。

「本人が海外にいて動けないとなると、彼をプロデュースしたきみ以上の適任者はいないって話だ。開く限りは、作品展は成功させないとね。頑張りなさい」

「……ええ」

「きみがきっちり仕事をこなす人間だというのは分かっているんだ。わたしの自慢だよ。同居の件はいつでもいい。わたしはここにいて待っているから」

彼に嫉妬心はあるのだろうか。

嫉妬ならば、もっと熱い激しい感情として表れる。

憤慨や懇願には、圭自身も覚えがあった。どうしようもなく追い詰められて、相手を殴ってしまったこともある。

八木沼の理解力、寛大な態度がときどき苦しい。

（どうして、仕方がないと飲み込んでしまうのさ？）

これが安藤ならば――少なくとも、圭と同棲を始めた頃の安藤だったら、怒り狂って、首を絞めるくらいしただろう。

安藤の独占欲はときに恐怖だったが、その分だけ「好かれている」「必要とされている」と実感することが出来た。

（八木沼さん…俊治さんは、確かに僕を好きだろう。それは分かる。でも、僕が今別れるって言っても、追いかけてはくれないだろうな）

一度くらいは熱心に引き止めるだろうが、それを振り切られれば行儀良く諦めてしまうだろうことは予想出来た。

この物分かりの良さが大人の男なのだろうか。この最初から諦めている感じが…――そう、相手の全てを自分のものにするのは無理だという悟り。

二十九歳になったばかりの圭はまだその境地へは達していない。いや、年齢を経ても、達したいとは思わないかもしれない。

以前の恋愛の激しさと比較してしまうせいか、ときどき戸惑ってしまう――本当にこれは恋愛なのか、と。

快適すぎると思う。

（僕たちはそれぞれが独りぼっちのときに出会った。恋に落ちたと思ったのは錯覚で、ただ寂しいから肩を寄せ合うことにしたのかも）

愉快な考えではない。

圭はすぐに否定しかかったが、確かに、三十七歳になった八木沼には恋の病にかかった狂おしさは見受けられない。

冷たい、というわけでもないが。

恋愛はもっとみっともないことではなかったか。

波一つ立たない穏やかな時間を楽しむ一方で、若い心はたまには波風を立ててみようかという妙に挑戦的な気持ちになる。

一度ならず、圭はベッド上で八木沼に絡んでみた。

「なんだかあなたはいつも余裕たっぷりで、ときどき憎らしくなってしまう……もっと若かったときは、相手の足の指を舐《な》めるのも厭《いと》わないような恋をした？」

「足の指、舐めて欲しいの？」

「そうじゃなくて」

「きみは？　きみはそんなふうに情熱的だったことがある？」

自分では答えず、八木沼はそう切り返してきた。

「前の男とはそうだったかも」

八木沼は安藤とのことを聞きたがった。

なれそめや仕事での関わり、一緒に暮らすことにした理由、楽しかったこと、辛かったこと…など。

なぜそんなことを聞きたがるのか——そう圭が問うのに、きみの全てを知りたいんだよと八木沼は答えた。

圭は自分が話したいかどうかも分からないまま、八木沼に促されるままにぽつぽつと言葉を継いだ。

「とにかく、我が儘な男でした」

「どんなふうに？」

「たとえば、真冬の夜中に突然コーラが飲みたいと言い出すんです。寒いから、自分は買いに出たくない。で、僕に媚び、へつらい、どうにか行かせようとする。でも、僕だって温かい布団の中から出たくないわけですよ。断り続けると、最後には怒って、手当たり次第の物を壁に投げつける」

「子供っぽい男だね。その後始末もきみが？」

「そう、僕がね。彼は家事を全然しなかったから」

「同棲だと、普通は家事の分担はするものじゃない？」

「最初に一応したけど、まるで意味がなかったです。僕のちらかっているって認識と彼の散らかっているって認識にはズレがあったし、洗濯の基準も違っていてね……とにかく、掃除と洗濯は僕がするしかなかった。料理はたまにしてくれたけど、片付けはいつも僕でした」

「それじゃ一人暮らしのほうが楽だ」

「でも、追い出すわけにもいかなくて……」

「育ちが悪いのか、思いやりがないのか、単に甘えていたのか。彼は誰にでもそんな感じだったの？」

「わりとそうかな。受け入れられたと思うと、どの程度そうなのか、試すようなことをするんです。だから、仲良くなった人ほど振り回されることになっちゃいますね」

「周りは大変だな」

「でも、芸術家ってそういうもんじゃないですか？」

「いくら才能があっても、人を自分の思うままに動かす権利はないんだけどね。周りはそのカリスマ性に跪いてしまうんだろうな」

「カリスマ…か。そんなもんがあったのかもしれない。でも、僕の位置だと、ひどく危なっかしく見えたけど……」

「きみが説教する様子はなんとなく想像出来るよ」

言いながら、八木沼は圭が知らずに寄せていた眉間《みけん》の縦皺を指で撫でた。

「真っ向から正論をぶちかますんだろ？」

「もちろん」

圭はしかめっ面を一転、微笑に変えた。

「でも、反省するどころか、逆ギレされましたけどね。彼にはなんだか根拠のない自信があって、自分はなにをやっても許されると思っているみたいだったから」

安藤の言動のせいで、何度居たたまれない思いをしたことか。

食事はいつも肘《ひじ》をついたなりで食べていたし、いくら言っても自分の歯ブラシを決めて使わなかった。

数人で食べるよう出された料理を、自分が好きだという理由でたっぷりトウガラシを振りかけてしまう。

パーティに出席すれば浴びるほど酒を飲み、女性がいると知った上で裸で踊った。

陽気で無邪気に見える安藤を好む人間は多かったが、毒舌と気まぐれな態度のせいで敵もまた多かった。

それでも、仕事は本物だった。

彼を嫌う者もそこだけは認めていた。

自堕落な日々の果てにインスピレーションを得て、突然にガツガツと仕事を始める。

異常なほどの集中力で短時間に何十枚ものデザイン画を描き上げ、サンプルやミニチュアをそれは丁寧に作った。

仕事している時は、普段の数倍増しに格好良く見えたものだ。

「めちゃくちゃな人間だったけど、才能は本物でした。たぶん…僕が関わらなくても、いずれ世の中に出てきた人間だと思います」

そう圭がフェアに締め括った後で、八木沼はしみじみと言った。

「……きみのほうが彼を好きだったんだね」

そのとき、八木沼は例のあの表情になっていた――痛みを嚙み締めるかのような、苦痛を甘んじて受け入れようというようなほろ苦い笑み。

（そんな顔をするくらいなら、聞かなきゃいいのに……）

話した圭に罪がある？

イライラが込み上げてくるのを抑えつつ、圭はそうだと認めた。

「僕のほうが多くあいつを好きだったんでしょうよ」

そして、きっぱりと付け足す。

「でも、もう終わったんです。あいつとは終わった」

うん、と八木沼は頷いた。

「今はわたしがきみの恋人だよ」

「誰にも渡さない？」

「渡さないよ、愛しているからね」

「だけど、泣いて頼まれたら？　僕をくれと泣いて頼まれたら、あなた、どうします？」

「うう…ん」

正直者の八木沼は唸《うな》った。

ややあってから、静かに言った。

「もしその人がきみなしでは生きられないと言うなら、わたしは遠慮してしまうかもしれないな。そういうひたむきさには、どうも弱くて……」

気に入らない回答だった。

「あなたは一人で生きられるから？」

「ずっと一人だったしね」

「僕の気持ちは無視？」

「だって、きみは人に尽くすことを知っている」

「誰でもいいわけじゃないんだけど……」

「愛していると言ってくれた相手を、きみは無下にしないだろう？　自分も愛そうとするんじゃないかな」

「それで僕が幸せ？」

「そういう幸せもないではないよ」

「馬鹿にしないで」

圭は唇をギリリと噛んで、八木沼に背を向けた。

「僕はいい人と言われることを良しとしません」

じりじりと距離を取ろうとした圭の背中を八木沼は抱き寄せ、やんわりと包んだ――決して激しくはしない。

逃げようと思えば、逃げられるだけの空間を必ず残す。

それが八木沼の優しさだった。

「気を悪くさせてしまったね。ごめんね、圭くん」

喫煙のせいで掠《かす》れぎみの声は、鼓膜を甘く振動させた。

圭は八木沼の腕の中に温かく収まりつつも、なんだか泣けてきてしょうがなかった。

切ないのはなぜだろう――優しい、優しくない恋人。

なんとなく思う。

(この人って、誰かを愛することが怖いのかもしれない)

裏切られたことがあるのだろうか。人の心を信じられなくなるくらい、手酷《てひど》い別れを経験してきたとでも?

たとえば、離婚。

命尽きるまで連れ添う約束をして、幸せに結婚した二人がやがて離婚に至るまでには、どういった心の葛藤《かっとう》があったのだろう。

それは普通の恋人同士の別れよりもひどいものなのだろうか。

再び、八木沼が囁いた。

「お詫びに、明日の朝はわたしが目玉焼きを作るよ」

「……目玉は二個で」

圭は背中を向けたままで言った。

「半熟がいいんだよね」

「ええ」

それから数日して、圭は八木沼の失意をはっきりと知ることになるのだった――。

まだ夜が明けきらない早朝、圭は話し声に目を覚ました。

リヴィングで八木沼が電話をかけていた。

いつも穏やかな彼が、珍しく声を荒げていた。

「そんなのは認められないよ、あんまり一方的すぎやしな…――いや、訴えたりはしない。それはしないが、わたしの気持ちも少しは考えて欲しい。わたしにとっては、あの子はたった一人の子供…――」

電話の相手は、たぶん別れた妻だ。

元妻という人は日本人で、再婚相手と香港《ホンコン》に住んでいると聞いた。一人娘の顔を見るために、八木沼は年に何度もイギリスから香港へ渡っていたとか。

ざっと聞いたところ、元妻は娘にもう会わないでくれと申し入れているようだった。

義父と良好な関係を築いているところだからと、ただでさえこの半年ほどずっと会わせて貰えていなかったのに……。

「あの子がそう言ったのかい、わたしにはもう会いたくないと……――そうか、残念だよ。でもね、あの子はママが大好きだから、きみの歓心を買おうとして言ってみただけかもしれない。――いや…いや、そんなつもりはないよ。すまない。きみを非難するつもりじゃ…――もうなかなか会えないにしろ、誕生日やクリスマスにプレゼントを贈るくらいは構わないだろう?」

プレゼントの申し出も拒否されたらしかった。

「では、一年に一度くらいは写真を送って貰えないだろうか?」

遠慮がちなこの懇願にしても、聞き届けられたのかどうか。

電話を終えて、八木沼はしばらくぼんやりとしていた。

「……ねえ大丈夫?」

圭は近づき、彼の肩に腕を回した。

大丈夫だと言うかのように、八木沼は圭の腕を軽く叩いた。

長い沈黙の後で、彼は重たい口を開いた。

「わたしはどうも…家族運に恵まれないね。産みの母には捨てられ、母親が違うというので兄たちには疎まれた。父にしたって、わたしを自分の子供かどうか疑っていたように思う」

完璧なはずの生い立ちに、色濃い陰があったことが打ち明けられた。

八木沼の口元に曖昧《あいまい》な笑みが――ああ、それはなにかを諦め、絶望に甘んじる者の哀《かな》しげな微笑みだ。

「結婚したとき、やっと絶対的な絆《きずな》が出来ると思ったんだけれど…ね。わたしは仕事にのめり込みすぎ、妻の気持ちが離れていったのに気づけなかった」

「仕事を頑張らないと、家族を守れないと思ったんでしょう？」

「それもある。それもあるけど、結局わたしは家庭を知らないんだ。彼女を愛していたつもりだったけど、どうしてかある一定の距離を置いてしまう。寂しい思いをさせてしまったよ」

「僕は寂しくはないですよ？」

にっこりして、圭は言った。

「僕が男で、家庭に収まっているわけじゃないからかもしれないけれど」

八木沼は顔を上げると、まっすぐに圭を見た。

「……この際だから、聞いておきたい。わたしに対して、なにか不満はないかな？」

「ええーと、穏やかすぎるというか……なんというか、ホットじゃないなぁ、とは思いますね。もっと僕に夢中になって欲しいかな」

「わたしとしては、かなり夢中なんだけどね……もっとってこと？」

八木沼が困り顔になる。

「それはまずいよ。圭くん、まずい」

「どうまずいの？」

「理性が飛ぶ」

「飛ばしたところ、見たいな」

小悪魔のように、圭は睫毛《まつげ》を瞬かせる。

「僕を掴まえていたいんだったら、そのように振る舞ってくれなきゃね。態度や言葉で表さなきゃ、伝わるもんも伝わらないでしょ」

「ああ」

深く息を吐いて、一度八木沼は目を逸らした。

再び目を合わせてきたとき、その深い色の瞳は熱っぽく潤んでいた。

「わたしは…きみを束縛してもいいんだろうか？　わたしはきみが望むような恋人にはなれないかもしれないのに？」

声は奇妙にしゃがれていた。

「最高の恋人になるって言いましたよ、あなた」

「つもりはね……そう、いつだって」

静かに自嘲する男が纏《まと》っている絶望の名残りを痛ましく見ながら、圭は決心する――彼を幸せにしてあげなくては、と。

他人に幸せを与えようとは傲慢《ごうまん》かもしれないが、きっとそれが圭自身の幸せにも繋がってくるだろう。

もう人に尽くすのはうんざり、二度とするものか、尽くされるほうになりたいものだと思ったこともあったが、結局、圭はそれが得意なのだ。

自覚はある。

「あんまり臆病《おくびょう》だと笑っちゃいますよ」

ついに心を決め、圭は言った。

「次の休日、僕はここに引っ越してこようかな」

「ホントに？」

「お子さんの代わりにはなれないけど、ずっと側《そば》にいようと思うから」

圭は八木沼のガウンの袖に腕を絡めた。

「ね？」

圭は目で誘った。

先に八木沼が、少し遅れて圭も一緒にくっくと二人で忍び笑いした。

「……まったく、けしからんな」

唸《うな》るように言って、八木沼は圭を抱き込んだ。

首筋に熱い唇を這わせ、囁いた。

「そういう表情、他の誰にも見せてはいけないよ」

「僕、どんな顔をしているんです?」

「潤んだ目、半開きの口――つまり、けしからん顔だよ」

圭は男のガウンの胸元にぐっと手を入れ、その熱い皮膚を探った。盛り上がった胸の筋肉や、さらに力強い肩まで。

抱いて、とは言うまでもない。

二人はソファに沈んだ。

次第に強く、明るく朝の光が差し込んでくるリヴィングで、圭はその白い身体をたおやかに反らした。

「ああ、なんてきれいなんだろう」

細くした目で圭を見下ろしながら、八木沼が吐息混じりに呟く。

圭は足を大きく開き、密《ひそ》やかな場所を恋人だけに見せた――家族を失った男への、せめてもの慰め。

「……ね、あなただけだよ」

「その気になると、きみは誰よりもセクシーになるね」

いつもより呼吸を乱しつつも、八木沼は手荒に扱うことはなかった。

手順を踏み、完全に自分をコントロールして、圭に苦痛を感じさせずに、自分よりも多くの快楽を与えようとする。

狂おしさはない。

けれども、そのお陰で、圭は安心して乱れることが出来た。

圭はいつも理性的でありたいと思ってきたが、八木沼の腕の中にいるときだけはそうでなくても構わないらしい。

（僕の、秘密……――）

性的な圭を知るのは恋人だけ――今ここにいるちょっと寂しそうな美丈夫。家族運がないとぼやき、圭に引っ越しを決心させた男。

「あ…ああ――や、八木沼さん……」

「俊治さん、だよ」

「しゅ…しゅん、じさ――あ、ああああっ」

面と向かって名前を呼ぶのはまだ恥ずかしい。

恥ずかしさが皮膚を焼き、快感を増幅する――ああ、もうどこを触られても感じる。むず痒《がゆ》さに腰を揺らした。

「い、入れてっ」

「まだだよ」

「でも…あぁ、僕はもう…――」

朝日が目に刺さる。

きつく瞼《まぶた》を閉じ、圭はそこに夜空を無理矢理に作った。白い花火が華々しく開くまで、あといくらもかからない。

＊

十一月も半ばをすぎ、シューヘイ・アンドーの作品展が目前に迫った。

K…新聞のイベント・ホールが会場として一ヶ月間提供され、刷り上がったパンフレットはとっくに巷《ちまた》に出回り始めた。

マスコミ関係も動き出して、詳細を尋ねる電話がひっきりなしだ。

圭《けい》は展示作品のリストによって設置図案を作成、上司に提出した。

広報部や担当役員の承認を得たら、主催者側に提出する。その後は、特に何事もなければ、オープニングまでに展示品を運び込むだけである。

作品展の段取りはここまで出来たというのに、当のデザイナーの帰国日程がいまだはっきりしない。

それどころか、数日前から連絡が途絶え、関係者らは大騒ぎだ。

一緒に仕事をしていたニューヨークの建築家に電話を入れたり、居住していたアパートメントの持ち主と連絡をつけたり、新たに安藤《あんどう》が契約したとされる北欧の家具メーカーに尋ねたり、契約していた携帯電話会社に問い合わせてみたり…と、思いつく限りの全《すべ》ての方法でその足取りが追われていたが、安藤の居場所を誰も摑《つか》めていない状況である。

しかし、安藤を良く知る者として、圭はいずれ現れるだろうと楽観視していた。

最悪でも、オープニング・パーティには間に合うはずである。

あの男はそういう派手な席が大好きだし、手放しの賞賛を受けることもやぶさかではない。

わざわざそういうチャンスを逃すはずがないのである。

「本当に大丈夫かね？」

大友《おおとも》家具《かぐ》の担当役員も不安がったが、圭は大丈夫だと請け合った。

澄ました顔で言う。

「最悪、本人がいなくても、モノがあるんですから作品展は開けますよ。むしろ本人がいないほうが、準備にしろ展示にしろスムーズかもしれません」

「ま…まぁ、彼は変わった人間だからなあ」

「閲覧者の方々に納得いただけないようならば、制作中の映像でも流しましょう。まともそうに撮れているのが一本確保してありますからね」


自分のすべきことはした上で、圭は久々の休暇を取った。

ショールームは年末セール前であり、企画チームにおいてはシューヘイ・アンドー作品展の前だったが、どちらの部署の誰にも文句は言わせなかった——この人ならではの力技だ。

八木沼《やぎぬま》もそれに合わせて休みをもうけ、二人は軽井沢《かるいざわ》に行くことにした。

本当は海外のリゾートにでも行きたいところだったが、さすがにたった三日の連休ではそこまでは望めなかった。

この数週間、二人ともあまりにも忙しかった。

せっかく同居して仲睦《なかむつ》まじい暮らしが始まったのに、一つ屋根の下で寝起きする安心感はあれども、長々語り合うほどのゆったりした時間はまだなかった。

穏やかな時間や空間を味わうには、忙《せわ》しない東京《とうきょう》を離れてしまうのが手っ取り早い。

とはいえ、十一月末の軽井沢はゴルフには寒すぎ、スキーにはちょっと早い。

二人とも身体を動かすのは嫌いではなかったが、今回のところはただ冬枯れの森を二人で散策する予定である。

八木沼のベンツを交代で運転し、関越《かんえつ》から上信越《じょうしんえつ》自動車道へ。黄色や赤の紅葉も褪《あ》せてきた山間をひた走った。

昼は道の駅で蕎麦《そば》を食べ、チェック・イン前はショッピング・プラザで冬用のジャケットやマフラーを購入、ワッフルとカプチーノでお茶にした。

宿泊先はホテル『ベルビュー』だ。

一年ほど前、圭がメインダイニングのインテリアをコーディネイトさせてもらった小さなホテルで、旧軽井沢銀座《かるいざわぎんざ》通りとはほぼ平行に走る『水車の道』沿いに位置する。

その日はホテル内で夕飯を食べ、ロビーのバーで一杯ずつ飲んだ後、ライブラリーで借りた映画のＤＶＤを部屋で見た。

夏に見損ねたハリウッドのアクション映画とフランス映画の二本。

二本目を見ている途中で圭は寝入った。

二日目は朝寝坊してルーム・サービスでブランチ、食後はベッドでじゃれ合い、午後からはぶらぶらと旧三笠《みかさ》ホテルを目指して歩いた。

カラマツの並木道に出るまでの道には教会があり、結婚式を挙げたばかりの花嫁と花婿が馬車に乗り込むところに遭遇した。

参列者に混じって拍手するうち、なにやら幸せな気分が込み上げてきた。

予定どおりに三笠ホテルを見学した後は、森林浴をしようと林の中へと入り込んだ。

ふかふかと積もった落ち葉を踏み締めつつ、冬枯れの森を歩いていく……――舗装した道を少し離れただけで、寒さと静けさに包まれた。

「空気が美味《おい》しいね」

声が自然に小さくなった。

「僕は東京の街が大好きだけど、精神的に尖《とが》ってくるとこういう場所が恋しくなる」

「軽井沢が好きなら、別荘を買おうか。日本にバカンスの習慣はないけれど、盆や正月は少し休めるんだろう？　週末に来てもいいしね」

「どういうタイプがいいかなあ」

木立の合間に見える、誰が所有とも分からない別荘をあれこれ批評して歩く。

「普通のプレハブ・メーカーの家もありますね」

「あまり現代風な造りだと、せっかくの景色から浮いて見えるもんだね。せっかく注文住宅でも、メタリック素材はいただけないね」

「色合いも考えないと……」

「全部木材で作るのが理想的だけれど、案外痛みが激しいかもしれない。しょっちゅう来るわけじゃないし、耐久性は重視しないと」

もう使用していなさそうな別荘が何軒もあった。

雨戸が破れて、そこから野良猫《のら》——いや、きつねかもしれない——が出入りしているのは微《ほほ》笑《え》ましい。

圭はペットが飼いたいと思っていた。

二人の生活がある程度落ち着いたら、小型犬か猫を飼うのはどうだろう。より家庭らしくなるに違いない。

それが犬なら散歩が日課になるはずだ。

八木沼に提案した。

「いいね……わたしは好き勝手にそこらをうろついている猫が好きだよ。犬はしつけをしなければならないから、そこがちょっと苦手でね」

「あなたは叱《しか》らなそう」

「そう、甘やかす専門だ。きみはビシビシしつけそうだね」

「人をドSみたいに……」

「きみがしつけを担当してくれるなら、飼うのは小さな犬がいいかな。きみに叱られた可愛《かわい》いワンコをわたしが撫《な》でてやればいいのさ」

「それ、なんかずるいですよ」

「大丈夫、結局きみのほうに懐くんだから。安心していい。犬ってやつはMだからね」

そんなことを話しながら、木々の間を抜けていく。

葉をすっかり落とした木は寂しげに佇《たたず》んでいるが、触ると掌《てのひら》にパワーが伝わってくる。

落ち葉の間に潜むころんとした木の実を拾い上げて、圭が出来るだけ遠くに投げるのを、八木沼は細くした目で追った。

すっくと立った針葉樹林の匂《にお》いは格別だった。

太い幹に両腕を回し、うっとりとした顔つきで圭が言う。

「あなたを初めて見たとき、犬みたいな人だと思ったんですよ。ダルメシアン犬とか、レトリーバーとか、そういうやつ」

「わたしが犬?」

八木沼はくっくと笑った。

「きみっていうご馳走《ちそう》を前に、行儀良く『待て』をしていたんだな。わたしを犬だって言うなら、きみはさながらシャム猫のイメージだね」

「昔から、どうしてか僕は猫にたとえられる。性格的には、誠実な犬のほうだと思うんですが」

「目つきがね……こう、人を冷ややかに一舐めする感じがするんだよ。ぞくぞくするほど思わせぶりに。自分で分かっててやってるの？」

「さあ、どうでしょう」

八木沼の手が圭の長い首筋を辿《たど》るのに、圭は含み笑いする——さっきもスタートはここからだった。

八木沼の手がどこをとおり、どんなふうに動いたか、愛撫《あいぶ》の軌跡が思い出されてくる。

「——…さっき、すっごく良かった」

声が掠《かす》れた。

「わたしもだよ。今朝だって、きみが目で誘ったんだ。すごいね、きみ。バスローブの紐《ひも》も解かないで、わたしをその気にさせてしまうんだからね」

「あなたの唇がコーヒーで濡《ぬ》れていたのが悪い」

「きみはキスしたかっただけなの？」

「キスだけじゃなくて、もちろんそれ以上のことも…ね。僕、昨日は早く眠ってしまったから。

あなたと楽しむつもりだったのに……」

ふっと口元に浮かんだ八木沼の笑みを風が攫《さら》う。

「そんなふうに正直なきみが好きだよ」

冷たい風の中で、熱っぽい口づけを交わす——果たして、このキスに飽きることがあるのだろうか。

舌を絡ませ、泡立った唾液《だえき》を吸い上げ、熱が上がる身体をきつく抱き締める。

二人を見ているのは木々と空だけだ。

「……ここで？」

「ダメかい？」

「ダメなわけ、ないじゃない」

カチャカチャとベルトの金具の音が寒空に響き、それに恐縮しながらも、二人は不埒《ふらち》な行為を始めてしまう。

（新婚旅行みたいなもんだから……だから、特別）

真面目な圭はそう心の中で言い訳せずにはいられない。

それでも自分で下着ごとパンツを下ろし、木に縋《すが》るように立った。すかさず冷たい風が吹きつけ、素肌を晒《さら》した下肢から体温を奪う。

身震いしながら、受け入れる態勢をとった。

圭の腰を捕らえた八木沼の手は熱かった。

「痛くないかな？」

「痛いより、寒い」

歯をガチガチいわせながら訴えるのに、八木沼は笑った。

「すぐ温かくなるさ」

グ…と先端を潜り込ませた。

繋《つな》がった上で、後ろからすっぽり覆うように抱く。

「あっ、あぁん、ん…んっ」

浅く早めな腰の動きに、圭は早くも声を漏らし始めた。

「ま、前を、触って…――」

「触るだけ？」

「つ、強く」

「強く握るよ。握って、どうしようか？」

八木沼が言わせるつもりだと悟ると、圭はもどかしがって低く唸《うな》った。風は二人の睦言《むつごと》をどこまで運ぶのだろう。

いいや、と思った——誰が聞いていたとしても。

「弄《いじ》って……上下に、早く、動かしてっ」

「早くしたら、すぐ終わっちゃうだろう？」

「そ…そのほうが、後ろ、すごく感じるから……だから、あ…ああああぁっ」

大きな手が目的に従って動き出すと、圭はたちまち快感の奔流に飲み込まれた。

自分が先走りを溢《あふ》れさせていることに自覚はないが、チュクチュクという濡れた音でそれが分かった。

（男は濡れないなんてウソだ）

自分が溢れさせたもので、股間の隅々が敏感に仕上がっていく。幹を滑り、袋の根本を分け入って後ろにまで達した。

滑りが良くなると、八木沼が根本まで侵入してきた。

（あ、当たるっ）

内部が細かく震えた。

「ここだね、好きなところ」

「あ、う…うっ」

髪を振り立て、尖った喉声《のどごえ》で肯定する。

射精感がいや増したのに、圭は八木沼の手ごと自分を握り締めて、より早く、強く自らを駆り立てた。

もういくらも保たない。

「……ん、んんっ」

圭は四肢を張り詰めさせ、木の根元に放った。

それは八木沼にも強い刺激だった。

圭の内部でちぎれるほどに締め上げられ、射精した後も圭の不規則な収縮をダイレクトに感じ続けた。

八木沼は圭が弛緩していくのを許さず、頽《くずお》れそうな腰を支え直し、今度はほとんど自分のためだけに腰を使った。

「————…っ」

「……ん、ん…っ」

二人の声にならない叫びが凛《りん》とした空気を震わせる。

やがて、八木沼もクライマックスを迎えた。

「圭くん…圭くん、愛しているよ」

しゃがれ声で囁《ささや》き、最も深いところに射精した。

その一呼吸ほど後に、パシャという音で圭もまた放ったことを知った。

「あれ、きみ…？」

「――なんか、出ちゃった」

もう勃起《ぼっき》していなかったはずなのに…と、圭自身が驚いていた。

八木沼を振り向いた顔はほんのり上気して、焦点が合わない瞳はしっとりと潤み、どこか神々しいほど美しく、悪魔的に艶《つや》っぽくも見えた。

自分の恋人が滅多にないほどの美青年だということは知っていたが、評価が甘かったのではないかと八木沼は思わないではいられなかった。

(こんな相手はもう二度と現れないだろうな)

きれいで、可愛くて、賢い。

(この子を失ったら、わたしは……！)

生きていけないとは言わない――言わないが、なんの楽しみもなく、死を望みながら生きることになるだろう。屍《しかばね》のように。

ぞっと背筋が寒くなり、八木沼はおもむろに圭を強く抱き締めた。

身体を起こさせたせいで八木沼の萎《な》えたものがぬるりと抜け、圭が小さく呻《うめ》きながら身震いした。

「あ、ふ…っ」

甘い声音が八木沼の鼓膜を歓喜させる。

いつでも自分をその気にさせてしまう圭が愛《いと》おしく、また小憎らしくて、八木沼はうっそりと笑った。

「なに、その笑いは?」

気づいて、圭は聞いた。

「こんなところで抱き合うなんて、わたしは意外と情熱的だなあと思ったんだよ」

「あ!」

圭が目を大きく見開いた。

「アウト・ドアって僕は初めての経験だ」

「ご感想をどうぞ」

「うう…ん、季節は選んだほうがいいかもね」

「寒いのかい?」

八木沼は圭を反転させ、自分の上着の中に顔を埋めさせた。

胸の中で圭がぽそっと言った。

「でも、夏だと蚊に刺されまくりそう」

「冬がいいんだよ」

八木沼は言った。

「抱き合うほど温かくなるからね」


予想以上に深く林に入り込んでいて、元の道に戻るのにだいぶ歩かねばならなかった。もしかしたら、愛宕山《あたご》の途中まできていたのかもしれない。

長時間歩くのはどうということもなかったが、曇天が暗さを増し、急激に気温が下がってきたのには閉口した——天気が崩れる前触れだった。

日暮れにはまだ早いはずが、夜のように暗くなってきた。

二人は手に手を取って足を速めた。

やがてゴロゴロと空が鳴り出し、バラバラッと半ば覚悟していた雨粒が落ち始めた。

八木沼が着ていたジャケットを傘のように頭上に広げ、二人はさらに足を進める——と、林の中にぽつんと一つの灯《あか》りが点《とも》った。

「民家かな」

「雨宿りさせて貰《もら》おう」

稲光と共に、その家の屋根の下に飛び込んだ。

広いデッキには若い女性が三人とがっしりした体型の老人が一人、なにやら大工仕事に精を出していた。

飛び込んできた二人に、彼らは驚いて手を止めた。

その直後、雨がドッと勢いを増した——まるでバケツの水をひっくり返したような雨量である。

礼儀正しく八木沼は言った。

「突然、お邪魔して申し訳ございません。雨宿りさせていただけないでしょうか。ベルビューに宿泊している者なのですが、散歩中にこんな天気になり……——」

みなまで言わないうちに、女性の一人がタオルを持ってきた。

「拭《ふ》いてください」

別の一人がストーブを動かし、よくあたるようにすすめてくれた。

「びしょびしょなようなら、脱いで乾かしたほうがいいですよ」

見たところ二十歳を少し過ぎたところなのに気が利くなあと圭は感心したが、また別の一人が熱い飲み物の入ったカップを渡してくれる前に、口髭《くちひげ》を生やした外国人らしい老人がもごもごと指示を出していることに気づいた。

「ありがとうございます」

圭と八木沼は老人にも頭を下げた。

飲み物はホットワインだった――シナモンとたぶん蜂蜜《はちみつ》が入っていて、飲みやすく、身体が内側から温まった。

二人はストーブの前に座って雨を恨めしげに見遣り、手持ち無沙汰《ぶさた》のまま、再び作業に戻った四人の様子を眺めた。

老人の指導を受けながら、三人は木製の椅子を作成していた。

どうやら彼らは祖父と孫というわけではなく、師匠と弟子の間柄のようだった。

（カントリー調？）

少々無骨などっしりとした椅子の形はほとんど出来ていて、ヤスリを手に仕上げをしている段階だった。

家具を扱っている圭には、その見事な造りが見て取れた。

座面のへこみ、背板の曲線は人間の身体に沿っている。四本の足はやや外側に着地し、それを繋ぐ横板が安定性を高めていた。

老人がヤスリを扱うたび、木目が浮き上がってくるシンプルな美しい椅子だ。

圭は近づいた。

「仕上げの塗料はなにを？　このままでも充分に美しいけれど」

答えたのは老人ではなかった。

「蜜《みつ》ロウです」

「なるほど。身体に優しい塗料を使うんですね」

「グスタフおじさんは、柿渋《かきしぶ》のほうがお気に入りなんですけどね」

「おじさん？　お師匠さんじゃないんですか？」

「師匠ですけど、わたしたちはおじさんと呼んでるんです」

「ソウ。わたし、オジサンね」

老人は顔を上げ、ニッと笑った——賢そうな灰色の瞳がきらっと光る。

「亜麻仁《あまに》油という手もありますよね。色が変わったり、強い匂いがついたりしないって点でも優秀だと思いますが」

しかし、老人は圭の言葉が分からないようだった。

「ごめんなさい。わたしたちもおじさんの言葉は、ごくごく一部しか知らなくて……」

日本人だった妻を亡くした師匠は十年以上も家に籠《こ》もり続け、ほとんどの日本語を忘れてしまったのだという。

「その…亜麻仁油って、どういうものなんですか？」

「興味がおありなら、今度お持ちしましょう。僕は大友家具に勤めているんです」

「え、ホントに？」

　圭が弟子の女性たちと話している間、八木沼は老人にまずは英語で、次にドイツ語とフランス語で話しかけてみた――が、反応はない。

　オランダ語やイタリア語も多少は知っているが、これもきっと違うだろう。家の雰囲気や作っている家具から想像するに、老人のふるさとは北欧だと思った。

　かなりの片言になってしまうが、八木沼はデンマーク語で話しかけてみた。

『あなたは日本に来て何年になるのですか？』

『――ご、五十年と…少しだ』

　彼は答えた。

『この軽井沢には？』

『四十年以上になるのかな。妻がここの出身だし、いい材料が手に入るもんで……あんたはデンマークに行ったことがおありで？』

『旅行で数日滞在しただけですが、美しい国ですよね』

『ああ、そうです。全てが美しいまんま、わたしの胸にある』

　老人は懐かしい故国の言葉に涙し、ぶるぶる身を震わせた。

『……帰りたいですか？』

しかし、その問いに老人は首を横に振った。

『もう誰もいない。わたしを知る者は一人もいなくなった。ふるさとはもうわたしの胸にしかない』

八木沼は頷《うなず》き、静かに言った。

『では、あなたは本当に自由ですね』

『自由？』

新しい見解を与えられ、老人は涙を止めた。

『……ああ、そうなのかもしれない。わたしを縛るものは、もはや現実にはないのだから。わたしはここにいても、自由にふるさとや妻を思うことが出来るね』

この雨宿りはひとつの出会いだった。

圭が家具職人の弟子たちに興味と可能性を見出していた一方で、八木沼は老いた男の人生に注目していた。

八木沼は知りたかった――幸せな思い出があれば、人は孤独に耐えられるのだろうか。孤独に耐えるために、どれだけの思い出があればいいのだろう。

幸せな恋人との旅行中にこんなことを考えるのは裏切りだろうか。いや、幸せの絶頂だからこそ、それを失うことを考えるのかもしれない。

雨が止《や》んだのは夜が更けてからだった。

言われるがまま、二人は彼らと夕飯を共にした。

八木沼がグスタフ老人の話し相手になっている間、圭は彼の若い女弟子たちの食事作りを手伝った。

クルミ入りのパンに野菜スープ、じゃがいもとベーコンのチーズ焼き。

「どっかのカフェごはんみたいで、男の人にはちょっと物足りないかもしれないですけど……」

「僕ら、こういうの好きですよ」

「ワイン飲まれますか？　おじさんのウイスキーもありますけど」

「ワインで。さっきのホットワインも美味しかったです」

あれこれ話しながら食べる食事は美味しかった。

根掘り葉掘り聞いたつもりはなかったが、若い女弟子たちは美大の卒業生で、そのうちの一人が大学在学中にグスタフ老人が作った家具と出会い、卒業と同時に三人で弟子にして欲しいと押しかけたのだと話してくれた。

「わたしの親戚《しんせき》が二十年くらい前に、グスタフおじさんに揺り椅子を依頼したんです。そこの家のおばあさんのお気に入りだったんですが、おばあさんが亡くなったときにぜひにと言ってわたしが貰ってきました。じっくり揺り椅子を見て、ますます気に入って……だって、年月とともに魅力が増していく家具なんてありますか? 壊れもせず、ますます良い色になって……で、彼女たちにも見せたんです」

「それまで、わたしは建築のほうに行こうと思ってたんですけど……でも、すごく惹《ひ》きつけられてしまって……——」

ね、ともう一人に同意を求める仕草は、若い女性らしくて可愛らしかった。

顔を見合わせ、恥ずかしそうにくすくすと笑ってから、家具職人見習いはしっかりとした口調で希望を語った。

「わたしたち、長く愛される家具を作りたいんです。年月が経つほど魅力が増すグスタフおじさんの椅子みたいな、そういう家具を。子どもたちが大きくなっても、お母さんの笑顔と一緒に思い出せるようなそんなテーブルっていいと思いませんか?」

「その子が母親の死後、そのテーブルを欲しがるようだとベストですね。長く受け継いでゆくってことは、エコロジーの考え方です」

大友家具の商品開発部企画チームの人間として圭は言った。

「僕がお手伝い出来ることがあるかもしれないですね」

「わたしたち、まだまだ修業中ですけど」

「長いスパンで考えていきましょう。あなたたちはまだ若い。でも、若いからこそ、出せるアイディアもあるかと思います」

「これ、見てください」

自分たちで考え、作成したらしい焼き印を彼女たちは圭に見せてくれた。

五センチほどの楕円《だえん》形で、花冠の真ん中にキスをする二羽の小鳥がいる。小鳥たちの下に小さなアルファベットが並ぶ――『HAPPY　LITTLE　BIRDS』と。

「きみたちのグループ名？」

こくりと頷く。

「いいね、この小鳥の図案も。とっても可愛いです」

「わたしたち、まだ作品は数えるほどしか作ってないのですが、お売りしたものにはこの焼き印を押しています。何年もしてメンテナンスをすることになったら、この焼き印がどんな見え方をするか、楽しみにしているんですよ」

すっかり話し込んで、食後のコーヒーまでご馳走になってしまった。

圭と八木沼は居眠りを始めた老人を寝室まで連れて行くのを手伝い、三人の女弟子が老人の生活をしっかり支えているのに感心した。

いつしか雨は雪に変わった。

雪は濡れた土を凍らせ、うっすらと森を覆っていく。

女弟子のうちの一人が自動車で送ると申し出てくれたが、もう止むみたいだからそれには及ばないと断った。

「でも、寒いですよ？」

「せっかくだから、軽井沢を味わって帰ります。道順だけ教えてください」

来たときは林を抜けてきたが、帰りは舗装された道を通った。

とはいえ、自動車も人も通らなかったようで、うっすら積もった雪に初めての足跡をつけることになった。

気温は低く、二人の吐く息は白い。

肌を刺すような寒さだったが、繋いだ手を八木沼のジャケットのポケットに収めた二人は震えてはいなかった。

圭が言う。

「ブランド名、なにがいいでしょうね。ママとかファミリーとかを強調したネーミングのほうが親しみが湧《わ》くような気がするんだけど」

「彼女たちには自分たちで作ったロゴマークがあるのに？」

「でも、商業的に考えると、ちょっとインパクトに欠けるかなと思うんですよ」

「きみ…もうプロデュースする気になってるんだね」

　八木沼はからかうように言った。

「すぐにではないけど、いずれは…って思って。なんか…こう、見つけた！　って感じだったんです。こういう感覚、二度はないもんだと決めつけてたから、我ながらびっくりですよ」

「二度目がきたってことは、きっと三度目も四度目もあるよ」

「そういうもんですか？」

　圭の問いに、八木沼はそうだと頷いた。

「きみは才能の価値がちゃんと分かる人間だ」

「こんなことを言うのは傲慢《ごうまん》かもしれないけど、宝物をどうするか考えるのは、見つけた人間の義務だと思うんですよ。有り難いことに、僕には社内的な実績があるから、今なら会社も耳を傾けてくれる。他人の才能に仕えるなんて、そいつに惚《ほ》れてでもいなきゃ出来ないことだと思ってたけど、そういうもんじゃないみたいですね」

「天職を見つけたね」

　しみじみと八木沼が言った。

「わたしが投資に携わっていくと決めたのも、二十代後半だったよ。それを考えると、きみはこの先の十年はバタバタと忙しいかもしれない」

脅かされ、圭はぶるぶると震えてみせた。

そして、八木沼を振り仰ぐ。

「恋人が忙しいのはつまらない?」

「いや、負けずにわたしも頑張るよ。グスタフさんくらい歳をとったとき、それこそ揺り椅子に座って、悪くない人生だったと語りたいからね」

八木沼のセリフには『君に』という言葉が抜けていた。

当たり前のことだから省略しただけだと見なし、圭は訂正を求めなかった——が、どうしてかヒヤリとした感触が胸に残った。

ふと八木沼が立ち止まった。

「ね、圭くん」

「なんです?」

圭は一歩先から振り向いた。

「言うべきことがあるんだよ。わたしは、言うタイミングをずっと逃し……——いや、今もあまり言いたくないんだ」

八木沼はなにを言うのかと圭は待ったが、いかにも口が重い様子に、こんなところに突っ立っていたら凍えてしまうと急《せ》き立てた。

「あなたが言いたくないこと、僕は聞かないほうがいいです。言えないでいるのは、今がそれを言うタイミングではないからでしょ」

「きみを愛しているよ。でも、血の繋がりも無視できない」

てっきり、圭は八木沼が娘のことを言っているのだと思った——想像するに、自分の財産を子どもには残すけれど、圭には残せないとか、そういう話ではないのか。

圭は八木沼の財産に興味はない。死んで財産を残されるより、それまでの日々を一緒に楽しめたほうがずっといい。

大体、老後の資金くらい自分で貯《た》めるし、もしかしたら圭が八木沼よりも先に死ぬことだってないとは言えない。

圭は言った。

「もちろん、肉親は大事にしなきゃ。いろいろ事情はあるかもしれないけど、あなたが血の繋がりを軽視するなら、僕が怒りますよ」

八木沼は泣き笑いの表情で圭を見た。

「情の濃いきみが好きだよ」

翌日、圭と八木沼は東京に戻る前に、再びグスタフ老人の家を訪ねた。

ホテルで購入したケーキを女性たちに持参し、圭は彼女たちの連絡先を聞いた。

そして、今まで作ったものをリストアップして、ぜひ画像にして圭のメールに送ってくれるように頼んだ。

「僕が考えているのは、マンションにも入れられる小さめのカントリー調の家具なんですよ。暖炉もストーブもないマンションでカントリーな雰囲気を作らなきゃならない。イメージ出来ますかね?」

「つまり、この軽井沢のような戸外がないってことですよね」

「そう。一室で完結しなきゃならない」

家具職人の弟子たちは小首を傾《かし》げ、考えてみますと言った。

「また近いうちにお訪ねします。クリスマスには、グスタフおじさんになにかお持ちしましょう」

「南野さん、亜麻仁油を忘れないでくださいね」

「それは大至急お送りしますよ」

ベンツが走り出すと、老人と弟子たちはデッキの手すりに乗り出すようにして手を振ってくれた。

＊

小旅行から戻ると、シューへイ・アンドーの作品展は目前に迫ってきた。

デザイナーの所在は相変わらずはっきりしない。

東南《とうなん》アジアで見かけたという情報が入ってきたと思ったら、翌日はイタリアでオペラを観ていたとの目撃談が出て、同日にスペインの建築家が一緒に居酒屋で飲んでいるとご機嫌のツイートがなされた。

「一体全体どうなっているんだ？　我々はおちょくられているのか？」

主催のK…社の担当者は頭を抱えた。

「彼の作品展を開こうというのが間違いだったのかもしれない。ここは延期にすべきなんだろうか。なあ、南野くん」

相談された圭は澄まして言った。

「ここで延期や中止は大きな損害になります。とにかく、開催を目指して準備を進めましょう」

本人確認なしで会場設営が行われた。

通常は展示作品やその並べ方などは本人の意見が大いに入るものだが、幸か不幸か、それがなされないままで初日を迎えることとなった。

　夜中までチェックに追われていた圭は、朝十時の開場に間に合えばいいというので、目覚まし時計を八時半にセットした。

　八木沼の温かい身体に絡みつき、ぐっすりと眠っていたところに携帯電話が鳴ったのは、まだ薄暗い早朝六時だった。

　気づいたものの、圭は無視を決め込んだ。

　着信音は一度止んだが、またすぐに始まった。

（…ったく、うるさいなぁ。非常識なやつがいたもんだよ）

　目を瞑《つむ》ったままで、圭は忌々《いまいま》しげに舌打ちした。

　とうとう八木沼が目を覚ました――もしかしたら、彼は朝方までパソコンで為替市場を見ていて、眠ったばかりだったかもしれないのに……。

「圭くん。電話が鳴っているよ」

　仕方なく、圭ははいはいと起き出した。

　液晶の表示は公衆電話だった。

「……はい、南野です」

『圭？　オレだ』

たったそれだけで、圭には電話の相手が誰なのか分かった——元彼で、お騒がせデザイナーの安藤修平《しゅうへい》その人である。

『今着いたとこ。でも、シャッター閉まってて、中に入れねーのよ』

「着いたってどこに？」

『決まってら。オレ様の作品展会場だよ。うおお、さみーな。オーストラリアは夏だったっけが』

「お前、オーストラリアにいたんだ？」

『いや、あちこち回ってきたよ。まっすぐ日本って気分じゃなかったんでね。シンガポールでマンゴー食ってから、ヨーロッパに行ったんだ。オペラの「椿姫《つばきひめ》」観て、カルロスとパエリア食ったら、なんでかコアラが見たくなっちゃってさ。飛行機でバビューンってね』

相変わらずのマイペースに、圭は深々と溜息《ためいき》を吐《つ》いた。

「コアラ、可愛かったか？」

『おう、可愛かった。だけど、爪が長いのが玉に瑕《きず》だ』

肌に食い込んで痛かったと、男は苦情を言ってきた。

「……昔は、背中の爪痕《つめあと》を自慢してたくせに」

非常識だの、無責任だの、今までどこに雲隠れしていただの、言いたいことは山のようにあったが、何も言う気にはなれなかった。

「K…ホールの真向かいに『エクセラ』ってコーヒーショップあるから、とりあえずそこに入ってて。三十分くらいでそっちに行くから」

『でも、オレ、今百円っきゃねーよ?』

「後で連れが払うからって言って、なんとか入れて貰って」

『早く来てね、圭ちゃん』

圭はのろのろとクローゼットに向かった。

「もう行くのかい?」

八木沼が起き出してくる。

「ずっと雲隠れしていた主役が会場に着いたらしいんです。もう逃げないとは思うけど、一応は捕まえておかなけりゃ」

「主役がいないオープニングになるのかと思っていたけれど……」

「ええ、ハラハラしました」

今日はきちんとスーツを着ていかなければならない。

圭は招待客の案内を頼まれていたし、今夜のオープニング・パーティにおいても司会者補佐としての役割があった。

悩んだ末、ブルーグレーにごく細い赤糸が入った縦縞《たてじま》のスーツを選んだ。

「それだと、ネクタイはこれだ」

八木沼がシルバー系のを一本選んでくれた。

顔を洗い、髪を整え、選んだ衣類を身につけている間、八木沼は圭をじっと見つめていた。

あまりに熱っぽく見つめられるのに、圭はひやかす必要を感じた。

「そんなにいい男だ？」

「きれいだよ」

八木沼は微笑んだが、目が笑っていなかった。

彼は小さな声で言った。

「出来れば、今日は外へ出したくないくらいに…ね」

「心配？」

元彼とよりを戻すのではないかと思われているのを知って、圭は少し落ち込みかけた。

（そんなこと、あり得ないのに……）

一緒に暮らした楽しい時間を否定され、愉快でいられるわけもなかった。

「もしかして、僕が戻って来ないんじゃないかって思ってる？」

「いや、それは思っていないよ。だけど、全く心配しないでいられるわけでもない。可能性はいつだってゼロではないからね」

「そこは信用してくれなきゃ」

「…だね」

すっかり身支度を調えてから、圭は八木沼にキスした——しっとりと優しく。

離れようとした八木沼の頰《ほお》を引き留め、まっすぐじっと見つめた。

「あなたほど僕を必要としてくれている人はいないと思う」

「彼がきみを望んだら？」

圭は首を横に振った。

「たぶん、あいつは僕でなくてもいいんですよ。今ではあいつを支えようという人間はいっぱいいるし…ね」

「きみのような人間は他にいないよ。彼はきみを取り戻そうとするだろう」

そう言って、八木沼は目を背けた。

「それ予言？」

圭は笑い飛ばそうとした。

「当たらないから、そんなの」

「そうかな」

「あいつが僕と縒《よ》りを戻したがる？　二年もアメリカにいたら、青い目の恋人の一人や二人出来ているでしょうよ。変な心配しないで。それにしても、僕みたいな人間は他にいないなんて、恥ずかしいことを言っちゃって……なんか、痒《かゆ》くなってきそう。さ、僕は行きますよ。時間までもうちょっと眠れるはずだから、あなた、ベッドに戻って」

ドアを目指す圭の背中に、いきなり八木沼は投げつけてきた。

「ずっと内緒にしていたことがあるんだ。フェアじゃないから、言わせてくれ」

「え？」

その声に籠められている真剣さに、圭は振り向かないわけにはいかなかった。

「フェアじゃないって、なに？」

「きみの恋人だった男は……――」

そこで八木沼は一度言葉を切り、生唾《なまつば》を飲み込んだ。

そして、絞り出すように言った。

「安藤修平は、きみの恋人だった男は、実はわたしの父違いの弟にあたる」

圭は一瞬目を丸くしたが、やがて怪しむかのように目を細めた。

「……ウソ」

なんという陳腐な冗談……――いや、冗談なんかではない。

八木沼の男らしく整った顔は青ざめ、蠟《ろう》人形のように表情がなかった。

八木沼は続けた。

「あの日——きみに初めて会った日のことだ、わたしは家具のデザイナーになったと聞いた父違いの弟の作品を見ようと、青山《あおやま》のショールームを探して行ったんだよ。そして、そこできみと出会ったんだ。もちろん、きみが弟の恋人だったと知ったのは、きみを抱き締めた後だったのだけど……」

圭は記憶を遡《さかのぼ》り、八木沼との出会いのシーンまで行きついた。安藤に気配が似ていると思って振り向いたところに、彼・八木沼俊治がいたのではなかったか。

（そうか、二人はそうだったのか。血を分けた兄弟…か）

姿形はそう似ていないが、基本的なところ——髪の毛の硬さ、肌質、爪の形、もともとの体臭に似通ったものがある。

納得するのは難しいことではなかったが、言い出すのが今というのが気に入らなかった。

いや、八木沼は言おうとしたことがある。問い質《ただ》し、聞いてやるべきだったのに、それをしなかったのは圭だった。

「あなた、なにが言いたいの？」

圭の唇はわなわなと震えた。

八木沼が言わんとしていることは、とっくに察しが付いていた――一緒に暮らした期間はまだ短くても、圭は八木沼をよく観察し、理解し、その頭の動きをなぞることが出来るようになっていた。

（弟から恋人を奪えない、と？）

家族運に恵まれないと嘆いた八木沼にとって、肉親の存在は小さくない。

「母は――僕らの母はね、弟を自分の母親に押しつけ、弟の父親とはまた違う、別の男の元へと走ったらしい。祖母は彼が高校のときに亡くなったそうだから、弟は…修平は、独りぼっちでどんなにか苦労しただろう」

八木沼が種違《たねちが》いの弟がいると知ったのは、五年前、八木沼の父親の葬儀のときだったという。葬儀に呼ぶために八木沼の母の居場所を捜したという親戚に、母の怪しい素性と弟の存在を聞かされたのだ。

もっと早く知っていたら、自分がフォローしてあげられたのに…と八木沼は思った。

自分が八木沼家の末っ子として経済的には何不自由なく育ったのに、同じ母の元に生まれた弟が食費にまでこと欠いて育ったと聞かされ、胸を痛めないではいられなかったのだ。

「……だから？」

圭は八木沼を睨《にら》み据えた。

「だから、なに？　なんなの？」

「つまり——弟が望むなら、わたしはきみを諦《あきら》めようと思っている。相手が弟なら、きみを譲るハメになっても仕方がない」

八木沼は静かに言った。

「わたしは一人で生きられるから、心配はしないで欲しい。それに、今は心の中にきみがいる。きみと過ごした時間をいつでも取り出して味わうことが出来るよ」

「バ…バカみたい！」

圭は叫んだ。

「なぜ僕を思い出に？　僕はあなたが好きなのに。そ…そんな自分勝手な言い草、僕が理解すると…——」

感極まり、唇が震えた。

一気に言い放つことが出来ずに、圭は強いてゆっくりと言った。

「僕はもう修平を選ばない。あんな傍《ぼう》若無人《じゃくぶじん》な人間とは一緒にいられやしないもの。僕はね…僕は今、あなたと穏やかに暮らしていくのが気に入っているんです。選ぶのは、あなたではないでしょ。まして、修平でもない。僕が自分で選び、どうするか決めるんだ」

「同じ人間に二度恋をするというのは、あり得ないことではないよ」

「あり得ない！」

叫んで、圭は地団駄《じだんだ》を踏んだ——小さな子どものように怒って。

「あなたはなにを僕に勧めているの？　僕を好きなんじゃないんですか？　好きなら、弟だろうと上司だろうと、誰にも渡すまいとするでしょう？　僕なら、絶対にそうする」

「……わたしはもう若くないんだよ。戦えない」

愛《いと》しい男は目を逸《そ》らした。

「華やかな席へ踏み込んで、きみを奪いに行くなんて…ね。そんな芝居がかったこと、とてもじゃないがやれやしないよ。それに、弟からきみを取り上げたら、わたしは後悔するに違いないんだ。そんなわたしの側《そば》で、きみが幸せでいられるかどうかも分からない。この際、きみを手放したほうがわたしは楽になれる。心置きなく、一人、自由でいられるんだよ」

「エゴだよ！　そんなの……」

圭が絞り出した声は悲鳴に近かった。

「ねえ、着替えてあなたも一緒に行きましょうよ。一緒に来たら、あいつと僕が縒りを戻さないってことが見て分かると思う。僕の隣にいて、血を分けた弟に『作品展開催おめでとう』を言ったらいいんだよ」

名乗るつもりはない、と八木沼は首を横に振った。

「きみと付き合ってしまった以上、兄として名乗り出ることは出来なくなった。あんまり不道徳だからね」

「不道徳？」

男同士という点からして、もうとっくに不道徳だ。

「……でも、なんとか兄弟って言い方があるでしょう？　そういうのが存在するってことは、割と世間じゃありがちなことなんじゃないのかな」

「下品だよ。わたしは好かないね」

「下品だっていい！」

動揺する圭とは反対に、八木沼のほうは頑《かたく》なになっていくようだった。

冷たい無表情のままにいっそ冷ややかに言い放つ。

「さあ、行きなさい。彼はきっと待ちくたびれてるよ」

それでも、圭は粘った――作品展に来られないなら、六時からのパーティのほうに出席するのはどうか、と。

「あなたみたいな人が実の兄だと知ったら、修平は頼もしい兄がいたものだと誇らしく思うでしょう。周りがあいつの成功を褒めちぎってくれる場なんだし、きっと気を良くして、元恋人と兄が一緒にいることもさほど気にしないかもしれない」

「わたしは行かない」

きっぱりと八木沼は言った。

「もともと行けないいんだよ。夕方からアメリカから来ている客と会って、一緒にディナーの約束があるのだから」

「キャンセルすればいいでしょう、そんなの。あなたなら出来るはず……」

「まさか！」

八木沼はせせら笑った。

「ホテルを売却するという巨大な商談だよ、時期を逃すわけにはいかないんだ。――……それにしても、生真面目なきみが約束やぶりの提案をするなんて…ね。ちょっと失望だな」

冷ややかに頑固に振る舞う八木沼に焦《じ》れて、圭は唇をぎりぎりと噛《か》み締めた。

まるで今の八木沼は、主人の言いつけを守るのが使命の忠実な犬のようだ。

とても勇敢で賢いのかもしれないが、歯を剝《む》き出しにして唸るドーベルマン・ピンシャーやグレイ・ハウンドといった犬種は全く好きではない。

(可愛くない。ちっとも、可愛くないや)

圭は冷酷な捨てゼリフを選んだ。

「それでは、ご勝手に。あなたは一生後悔するに違いないですよ」

くるりと背を向けて踏み出すのに、呻くような声が追いかけてきた。

「……圭くん」

チラとだけ圭は振り返った。

諦めと悲しみ、苦しみが複雑に入り交じった顔つきで、八木沼がこちらを見ていた。不安そうな表情は奇妙なくらいに子どもっぽかった。

（あなた、判断を間違っているよ。思い出だけで生きられるほど、あなたはまだ歳を取ってはいないのに……）

これ以上言い争う気力は湧《わ》かず、ただ圭は溜息を吐いた。

自分を諦めてしまおうとする八木沼の愚かしさが憎らしい一方、自身の幸せに尻込《しりご》みする八木沼が痛々しくて、切なくて、愛おしく思う気持ちをどうすることも出来なかった。

指定したカフェに圭が急いで行ってみると、著名なデザイナーはテーブルに身を投げ出してガーガーいびきをかいていた。

圭が安藤に近づくのを見て、店のスタッフたちは明らかにホッとした様子となった。

とりあえず荷物を置き、圭はドリンクを注文に立った。

「ご迷惑をおかけしていたようですね。申し訳ない。彼の分もお支払いしますよ。僕はブレンドとクラブハウス・サンドイッチを」

商品を手渡しながら、小太りの若い女性スタッフが話しかけてきた——好奇心を抑えきれなかったのだろう。

「あの人、いったい何者なんです？　ミュージシャン？」

確かに、そんななりをしている。

破れたジーンズに一年中ほとんど着っぱなしの赤いレザージャケット。一度も櫛《くし》を通したことがないようなもつれた髪は適当に革紐《かわひも》で後ろに縛ってあり、顔は整っているものの、そり残しの多い髭《ひげ》が目につく。

このなりに、誰も彼を一流のデザイナーだとは思うまい。ミュージシャンだと見てくれたことが有り難いくらいだ。

「まあ、そんなようなものです」

苦笑とともに答えて、圭は寝ている男の真向かいで食事をした。

いびきがあまりにも大きいので、かなり荒っぽく首の向きを変えてやったが、安藤は目覚めなかった。

店のスタッフらは、後から来たクール系美青年の手荒な仕草に呆気《あっけ》にとられていた。

いびきは幾分収まったものの、触れた皮膚の汚れで指がべとついたのが不快だった。ウエットティッシュで指を拭き拭き、圭は舌打ちする。

（一体いつ風呂《ふろ》に入ったんだろう。まるでホームレスみたいじゃないか）

二年ぶりの元彼は、何もかもが相変わらずだった。惚れ直すどころか、うんざりしてしまった。

自分でもどうかと思うくらい、圭は冷めた目で安藤を眺めることが出来た。瞬間的にもときめかなかった。

昔の圭なら、こんなしどけない安藤の姿を見たら、自分こそが面倒を見てやらねばならないと思ったはずだ。

しかし、今の圭はそうは思わない。三十にもなろうという大人の男が、こんな小汚い格好でよくも現れるものだとほとんど軽蔑《けいべつ》的に眺めるだけだ。

（それにしたって、普通はもう少し洗練されてこないか？）

百年の恋は冷めてしまっていた——まるで、魔法が解けたかのように。

魔法？　いやいや、むしろあれは呪《のろ》いのようなもの。

安藤の存在に縛りつけられ、圭は思考どころか呼吸すら自由に出来なかった。全てを安藤に差し出していた。

もちろん、それだけの価値が安藤にあると思っていたからだが、今はそう思い込んでいた自分が不可解で仕方がない。

しみじみと寝顔を眺め、その清潔感には程遠い様子に辟易《へきえき》とする——本当に自分はこの男と付き合っていたのだろうか、と。

八木沼の心配は杞憂《きゆう》だった。

(同じ男とまた恋をする、って？)

あり得ない。

溢《あふ》れるほどの才能を持ってしても、この男とエレガントな八木沼とは較《くら》べるべくもない。

彼は安藤修平を実の弟だと告白してきたが、この二人に共通点があるとすれば、背が高いことと、すっきり通った鼻筋だけだ。

とにかく、このまま作品展の主役として人前に出すわけにはいかない。

圭は食事を済ませると、携帯電話でこの近くのビジネスホテルに一室とった。

そして、社内で体型が安藤に一番似ていると思われる小塚に、スーツ一式を持ってくるようにと一報した。

トレイを片付けてから、さっき首を動かしたときよりも一段と遠慮のない仕草で男を揺さぶり、耳をぎゅーっと引っ張った。

「起きろよ、修平。起きろっての！」

「あ、圭ちゃ……――」

「行くよ」

圭は顎をしゃくると同時に、もう先に立って歩き出した。

「おい、待てよ。待てったら！」

慌てて安藤が追いかけてくる。

「二年ぶりに顔合わせたってのに、語らいはないのかよ。おい」

安藤の馴《な》れ馴れしさは許し難かったが、圭はビジネスに徹するつもりだった――あれほど手間暇かけて準備したのだ、この作品展は成功させねばならない。

「無駄にしゃべってる時間はないね」

「ご挨拶《あいさつ》だなぁ」

その時点で、午前七時を回っていた。オープニングまでにもう三時間だ。

ホテルの部屋に着くなり、圭は安藤をバスルームに押し込んだ。

小塚がスーツを届けに来たが、さすがに靴と靴下まで用意してくるほどの機転はなく、今度はそれを買いに行ってくれるよう頼んだ。

「靴下はコンビニで買うとしても、靴は靴屋でないと……開店まで随分ありますが、どうしましょうかね？」

「安藤のサイズは二十八だ」

「オレよりもでかいや」

「誰か知り合いで譲ってくれそうな人間はいないかな？　譲ってくれるんなら、新しいやつを買って後でその人にあげるけど」

「分かりました、あたってみます」

「頼むよ」

風呂に入った上でちゃんと髭を剃れば、元が悪くない安藤はそこそこ見られる状態になった。後はきちんと衣服を整えればいい。

背丈がほぼ同じの小塚のスーツは、安藤の身体にぴったりだった――…というか、小塚には悪いが、肩幅の広い安藤のほうがこのスーツを上手《うま》く着こなせた。

「どう、惚れ直さねえ？」

自己愛の強い男は一回りして見せたが、圭はにこりともしてやらなかった。

「今日はきちんとネクタイもしろよ、主役なんだし」

ネクタイを手渡す。

「地味な柄」

「他人《ひと》に用意させといて、文句を言うなよ」

「でも、なんか見覚えが……——あっ、これ！」

そこで、安藤は素っ頓狂な声を上げた。

「これって、お前がオレに選んでくれたヤツじゃん？　それを、なんでさっきのひょろいヤツが？　お前、オレのをあいつにやっちまったのか？　——…って、つまり、付き合ってるってこと？　あいつが今の恋人かよ？　おいおい、圭ちゃん、冗談じゃないぜ。オレの後があいつって、お前だいぶ趣味悪くねえ？」

安藤はひどい勘違いをしていたが、圭はいちいち訂正する気になれなかった。

ただ一言「関係ないだろ」と言い放つ。

安藤は首を竦《すく》めた。

「怒んなや、圭ちゃん」

「さっさとネクタイを着けてくれ」

「だけど、このスーツにこのネクタイは合わなくね？　あ、お前がしてるやついいじゃん。そのシルバーのやつ、超クール！」

圭が嫌がるのをものともせず、安藤はたちまち圭のネクタイを解き、奪った。

かつて安藤のためにと選んだネクタイを自分がする気にはなれず、趣味が悪いのは承知の上

で、圭は買い物から戻ってきた小塚とネクタイを交換した。

著名なデザイナーであるシューヘイ・アンドーに会うのは初めての小塚は、自分のスーツを着てくれたことに感動していた。

「なんか、着る人が着ると、オレのスーツも高そうに見えるなぁ」

「悪ぃな。後でクリーニングして返すからよ、圭が」

「いやいや、クリーニングなんてどうでも」

と、小塚は首を竦めてぺこぺこする。

「小塚くん、靴はどうだった？　用意出来そう？」

「あ、そうでした、そうでした。オレのダチがバイクで届けてくれるって。あと…そうですね、十分くらいで到着すると思います。こいつなんですけど……」

写メがあった。

「リーガルのウイングチップ？　ま、いいんじゃゃねえ」

鷹揚《おうよう》な様子で、安藤は頷いた。

サンダルだろうと、下駄《げた》だろうと気にしないくせに…と圭は突っ込みたかったが、若い小塚の前ではもちろん言わない。

靴が届くと、デザイナーの思いつきの行動が始まらないうちに、圭は会場へと彼を引っ張って行った。

受付台付近にずらりと並んだ祝花を見、そこから伸び上がって会場を見、安藤は満足そうな顔をした。

「すっかり準備終わってんじゃん？」

圭はぎろりと睨んだ。

「あと二時間ちょいで開場だ。出来てなかったら、大変だろう？」

「さっすが圭ちゃん。任せて間違いはねえ。オレのことを世界中で一番分かってるのは、やっぱしお前なんだよな」

安藤は嬉《うれ》しがらせを言ったつもりかもしれなかったが、圭は自分でも不思議なくらいにどきんともしなかった。

事務的に返す。

「でも、一応はチェックすれば？」

「ああ。そうさせて貰うわ」

安藤はつかつかと展示作品の間を歩き回り、自分で角度を変えたり、テーブルにかけたクロスの色が気に入らないと言ったりし始めた。

圭はその我儘《わがまま》なアーティストの希望を叶《かな》えるため、あちこちに電話を入れるなどの手配をし、ものによっては自らが特定された物を取りに出た。

その合間に、三々五々集まり始めたスタッフらと最後の打ち合わせを持ち、いよいよ開場の時間を迎えた。

さあ、めまぐるしい一日の始まりだった。

来客を受け付けては会場内を案内し、頼まれれば紹介もする。

特別な招待客はソファ・スペースで接待、茶菓のサービスもしなければならない。

初日は夕方五時半で一般客の来場を打ち切って、ホール前での立食オープニング・パーティが行われる予定だ。

安藤はマネージャーがいないため、圭がマスコミの取材も捌《さば》かねばならなかった。

忙《せわ》しく立ち働きながら、ふとした瞬間に圭は八木沼のことを思った——今朝ケンカして別れてきた恋人は、今頃どうしているだろう。

怒りはもうない。

もちろん、憎らしさも消えている。

痛々しさや切なさも無くなって、今や純粋な愛おしさだけが心にある。

(あなた、本当は大人じゃないんだね。夢も希望も胸にはあるのに、ただ傷つくのが怖くて、一人のほうが自由に生きられるなんて強がってるだけで…——)

安心して、甘えられる人だと思っていた――完璧《かんぺき》な大人だ、と。

でも、違っていた。

地位も経済力もあり、三十代後半を迎えた男だけれど、八木沼は自分を持て余している感じがする。

生きる目的がどこか希薄なのだ。

なにを大事にし、なにを優先したらいいかを分かっていない。

(でも、僕はそういう人が嫌いじゃないよ。僕は人の役に立ちたいし、僕を必要としている人に反応するみたいだ)

結局、これが圭の生き方なのだ。

ちらと安藤の方へ目を向けた――ぐるりと人に囲まれても臆《おく》した様子すらなく、熱く語り、破顔しているかつての恋人。

デザイナーとして一本立ちし、以前にも増してカリスマ性が備わってきたようだ。

(修平は、僕がいなくても大丈夫だ)

溢れんばかりの才能があり、チャンスをものにする運もある。苦境に陥ることがあろうとも、きっと逞《たくま》しく乗り越えて行くだろう――周りに迷惑をかけながら。

一抹の寂しさを覚えつつも、圭は自分の愚かしくも華やかな青い時代が終わったことを認めた。

（さぁ、僕も次のステージに上がっていい頃だ）

次なる才能との出会いはあった――グスタフおじさんと三人の弟子たち。

未来を思い描くと、圭のクールな顔立ちにほんのり笑みが浮かんだ。

使い捨て、安価が一番というこの時代に、敢《あ》えてハンドメイドでロングライフな温《ぬく》もりのある家具を売り出す意味は大きい。

私情をたっぷり交えた安藤との二人三脚は失敗だったかもしれない。しかし、学んだことは多く、そのお陰で今度はもっと鮮やかにやれるはず。

それを思うと、安藤が自分を置き去りにしたのは仕方がないことで、許すことが出来るような気がしてきた――過去にいろいろあって、今の自分がいるのだ。

「誰も悪くないんだよ」

我知らず、圭はそう呟《つぶや》いていた。

こめかみをチクチク刺してくる痛みに耐えかね、八木沼はとうとう液晶画面の電源を切るしかなかった。

眼精疲労だ。

指で揉《も》むように眉間《みけん》を押さえながら、ソファのほうへと移動する。

ほとんど眠らないまま朝の十時にオフィスに入り、サラリーマン向けの小口投資入門書の執筆をしていたのだ。

彼が想定したサラリーマン――入社八年目の年収およそ四百五十万円のメーカー社員は、半年で百万以上儲《もう》けた。

彼は八木沼の助言に素直に耳を傾け、無謀な冒険を一切しなかったからである。

（ま…ね、現実はこれほど上手くいくわけがない。周りにあれこれ言う人がいて、余計な情報が入るし、健康状態だってあるんだ）

骨と肉と血で構成され、感情を持つ人間を上手く扱えたことはない。

八木沼はぐったりとソファに凭《もた》れ、天井を見上げた。

最後に見た恋人――澄んだ瞳でキッと彼をねめつけ、口元を震わせながら一生後悔してろと言い放った顔がそこに大映しになる。

八木沼は呟く。

「……後悔はね、いつも…しているんだよ」

母に置いていかないでと懇願しなかった幼い日のこと、出て行く妻を引き止めなかったこと、その他…八木沼に背を向けた恋人、友人、兄弟たち。

去る者は追わず…と格好つけているわけではなかった。

たぶん、それ以上は傷つきたくないという保身を理由に、伸ばしかけた手を引っ込めてしまうのだ。

「社長、お疲れさまでございます。お茶をお持ちしました」

女性の事務員がテーブルにコーヒーと焼き菓子を並べてくれる——このホテル内で売っているダコワースだ。

「ありがとう」

なかなか気が利く彼女は、熱いおしぼりも用意してくれていた。

八木沼はそれを目に当て、再び溜息を吐いた。

我ながら、重苦しい溜息だった。

「こうも溜息ばかり吐いていると、幸運が逃げてしまいそうだよね」

「ご心配ごとですか?」

事務員は訝《いぶか》しげに首を傾げた後、ふっと笑って悪戯《いたずら》っぽく進言してきた。

「それなら、吐き出した分と見合うくらい、吸い上げたらいいんですよ」

なかなか面白いことを言う——そして、チャーミングだ。

「なるほど」

思わず八木沼は微笑んだ。

女性というのは鋭いだけでなく、ときには発想のあまりの真っ当さで男たちの度肝を鮮やかに抜いてくれる。

(敵《かな》わないなぁ)

八木沼は目からおしぼりを外し、自分の恋人とは違う性を持つ事務員を振り返った——三十代半ばの女性は強《したた》かだ。

大人の女は賢く取り繕うが、大人の男はわざと醜く暴露したがる。

大体、男のほうが子どもなのだ。

両者が理解し合うことはないのかもしれない。

(圭くん…圭くんだったら、こんなとき、わたしと同じだけ深い溜息を吐いてくれるだろうな。そして、言うんだ。『幸運を逃したのはあなただけじゃないですよ』ってね)

欲しいのは慰めではなく、共感だ。

別のアイディアが欲しいわけでもない。

そのとき、不意に八木沼は確信した——自分の年若い恋人が、彼の本心をきちんと理解してくれている、と。

八木沼は実の弟の元恋人と付き合っていることに苦悩し、恋人が離れていくのではないかと怖れ、いっそ自分から手放してそれらの悩みから解放されようとした。

最も安易かつ稚拙な解決策だ。

呆《あき》れながらも理解した圭は、八木沼の悩みを自分が全て引き受けると言った。

『僕が選び、僕がどうするか決める』

八木沼が望んでいるのは悩みからの解放であって、圭との別れではない。

圭は八木沼から離れてはいかないだろう。

たとえ以前に好きだった男に口説かれようとも、まっすぐに八木沼を見つめている圭は靡《なび》かないに違いなかった。

しかし、安心までには至らなかった。

(圭くんはしっかりしていても、強引に迫られたら?)

背こそ高いが、圭は華奢《きゃしゃ》だ。

果たして、男を撥《は》ね除けることが出来るだろうか。逃げ出すことは出来るだろうか。

(それよりも、泣き落としのほうがむしろ……――)

一見クールに見えるが、圭はあれで情に脆《もろ》いところがある。

恋敵が自分の弟だということは、いつしか頭から抜けていた。

八木沼は焼き菓子に歯を立てる――が、そのあまりの歯応《はごた》えのなさに、なんだか肩透かしを喰《く》らったような気分になった。

「……甘い」

「お疲れのときは、糖分をお摂りになるといいんですよ」

萎《しお》れかけた花が差してある花瓶を手にした事務員は、執務室を出て行きながら、しばし休むように言ってきた。

「レストランに向かうお車の準備が整いましたら、お知らせいたしますね。それまで小一時間ほどございますよ」

言われるまま、八木沼はしばらく目を瞑っていた。

眠れたかどうかは分からない。

しかし、再びカップを手にしたとき、中のコーヒーはすっかり冷めていた。

「ああ、もう夕方か」

八木沼は窓辺に移動した。

ブラインドに指をかけ、広げた隙間《すきま》から外を見る――晩秋の夕暮れは早く訪れ、すでに夕方というよりは夜だ。

腕時計の針は五時五十分を指している。

(そろそろパーティが始まる…な)

圭の肩を抱いて、父違いの弟に自分が兄だと名乗り出るのはどうなのか。そんな複雑な関係は誰も望まない。

成人し、自分の地位を立派に築いた弟は、突然現れた兄を歓迎はしないだろう。精神的援助も金銭的援助も今はもう必要ない。

(わたしはどうしたいんだ?)

八木沼は自分自身に問いかけた。

(弟のことは置くとして、ただひっそりと…——)

ただ一人を愛する一人の男でいたいだけ。

許されるのなら…——いや、誰にも許されないとしても、圭と命尽きるときまで一緒に暮らしていきたい。

「圭くん、わたしはきみを攫いに行くべきだね」

もう二分したら、八木沼は男性秘書を呼びつけて、会食をキャンセルすべく指示を出すだろう。

そして、シューヘイ・アンドーの作品展会場に自動車を乗り着けるのだ。

元彼の傍《かたわ》らから圭を引き剝がしたら、骨よ折れよとばかりに抱き締め、その場から連れ去ってしまえばいい。

(出来るか……？)

八木沼は首を左右に振り、自嘲《じちょう》に唇を歪《ゆが》めた。

タバコが吸いたいと思った。

吸いたいと思いながらも、吸わなかった。

パッケージから取り出し、火を点《つ》ける一連の動作が面倒だったし、何日か前に圭にやめる方向でいくと宣言したばかりだった。

(――…無能だな、わたしは)

事務員に声をかけられるまで、彼はその場に立ち尽くし、眼下に広がる見事な夜景を見下ろしていた。

オープニング・パーティがお開きとなったのは夜の十一時近かった。

すっかり酔って上機嫌になった安藤を支え、圭は彼をホテルの部屋まで送っていった。

ベッドに安藤を座らせ、ミネラル・ウォーターを入れたコップを手渡す。

そこで圭の今日の仕事は終わりだった。

「安藤先生、お疲れさまでございます。また明日よろしくお願いします」

一礼してビジネス・ライクに去りかけた圭の腕を、むんずと安藤が掴んだ。

「まさか、オレを独り寝させる気かよ?」

「では、誰か手配しましょう」

圭は冷ややかに切り返した。

「女性がいい? それとも、男性?」

「二年ぶりに会ったんじゃないか。オレ、別れたつもりないぞ?」

「二年…そう、あれから二年が経った。修平が自由を満喫していたように、僕だって自由にしていたんだよ」

「ホントにあのひょろい若いヤツと付き合ってんのかあ?」

「修平に僕を責める権利はないだろ」

二人は見つめ合い、ぎりぎりと視線を戦わせた。

ふっ、と圭は笑いたい気分になった——二人が恋人だったとき、こんなシチュエーションは何度となく繰り返された。

視線の攻防に圭は負け、いつも安藤の言いなりになってしまっていた。

あのとき、圭には安藤以外に好きな人間はいなかった。安藤の言い分にいつも理不尽なものを感じていたが、頑として退けるほどの理由はなかった。

　この男の才能に惚れ、それを世に送り出すのは自分で、そのためならどんなことでもしなければならないという気負いがあった。

(今、僕には大事にしたい恋人がいるし、修平のことでは目的を果たしたと思う)

　二人の関係はもう終わっている。

　圭が支えなくても、安藤は一人で立っている。

(今の僕は修平を拒否出来る)

　自分の傲慢さを認めながら、圭は小さく笑った。

「変わらないな、修平」

「お前は変わったのかよ？　確かめてやるから、さっさと服を脱げよ」

　安藤の言いぐさを無視し、圭は腕時計に目を落とした。

　穏やかに言う。

「帰らなきゃ。家族が待っているからね」

「お、お前っ」

　驚きのあまりか、安藤は頓狂な声を上げた。

「け…結婚、したのかよ？　オレになんの断りもなく？」

「なんで修平に断らなきゃならないのさ。僕たちはなんの約束もしてなかったよ。二年っていう時間は、ちゃんと恋愛して、結婚するのに充分な時間なんだ。そうは思わない？」

さらりと言って、圭は安藤が呆気に取られている間にドアの前に移動した。

「女か！」

背中で男が呻くのを聞いた。

「お前がまだ女とやれるなんて…な。ハハ！　それじゃ、しゃーねえや。圭はオレと違って、もともと普通の男だもんよ」

閉じたドアを背に、圭は微笑んだ。

(そうさ、僕は普通の男なんだ。特別な才能はないけれど、たった一人の人をじっくり愛したいと思うありがちな普通の男なんだよ)

ホテルの前でタクシーを捕まえ、代々木上原《よよぎうえはら》へと向かった。

八木沼に会いたかった。会って、愛していると言いたかった。

(待たせてごめんなさい)

前の恋はもう引き摺《ず》らない。やっとちゃんとした幕引きが出来た。

そう——これからが二人の本当の始まりだ。大人二人の落ち着いた毎日が、綿々と続いていくに違いない。

信号が青になるのを待てず、圭はマンションの一区画前でタクシーを停めた。

八木沼の住居の階に明かりはなかった。

(まだ帰ってないか……もしかしたら、今夜はオフィスに泊まるのかもしれないな)

吐き出した溜息は白かったが、すぐに暗く冷たい空気に溶けていった。

(熱いシャワー浴びて、パジャマ着て、ベッドに入ってから電話しよう。せめて、おやすみなさいは言いたい)

圭はエントランスへのステップを駆け上がった——と、

「圭くん」

声がした方へ圭はくるりと振り向いた。

見れば、マンションをぐるりと囲う生け垣に埋もれるようにして、コートの襟を立てた八木沼がいた。

「な、なんで？」

部屋に入ればいいものを、なぜこんな寒いところに立っているのか。

しかし、分かる気がした——いつ戻るか分からない相手を、部屋でたった一人で待ち続けるのは辛《つら》い。

圭はステップを降り、根が生えたように動かない男の前に立った。

いつからここにいたかなんて、もう問う気はない。足下に落ちている無数のタバコの吸い殻が教えてくれる。

(タバコ、やめようとしていたのに……)

視線に気づいて、慌ただしく八木沼はそれらを蹴《け》り散らしたが、少しも誤魔化しにならなかった。

決まりが悪いのか、小さく八木沼が咳払《せきばら》いする。

だから、圭は言った。

「遅くなってごめんなさい」

伸び上がって、冷たい唇にそっとキスした。

「電話すればよかったね」

八木沼がぽそりと言った。

「……もう帰らないかと思っていたよ」

「どうして？　家族でしょ、僕たち。家族はケンカしたって戻ってくるもんですよ」

「そ…か」

「夜遊びに出た娘を待つお父さんみたいだね、俊治さん」

圭はからかった。

「……違いない」

そう言って、ようやっと八木沼の顔に笑みが浮かんだ。

じっと圭を見下ろす。

「ネクタイが朝と違ってる」

目聡《めざと》く指さし、感心しないとばかりに片方の眉だけを吊《つ》り上げた。

「随分と安っぽいじゃないか、それ」

「今朝のは友だちに取られちゃったんです。交換しろって、いきなり」

「せっかくわたしが選んであげたのに？」

「ひどい友だちがいるんですよ。あのネクタイ、返して貰えるかな」

目と目を合わせた。

「――友だち、か」

八木沼はそれでおおよそを察した。

「まあ、いいさ。ネクタイなんて安いものだよ。きみには新しいものを買ってあげよう。うんとステキなやつをね」

「あなたの趣味でね」

「とにかく、きみは帰ってきたんだ。それが嬉しい」

彼は包み込むように圭を見つめながら、顔全体で優しく笑った。

圭はうっとりした。

しかし、冷たく強張《こわば》った頬は、ステキな笑顔をわずかしかキープすることが出来なかった。

「……さ、寒い」

八木沼は呟き、ぶるっと大きな身体を震わせた。

「明日あたり、雨が降るかもしれないね」

そして、二人は同時に夜空を見上げた——が、そこには東京には珍しいくらいに星がたくさん瞬いていた。

美しい冬の夜空だった。

「雨なんか降りませんよ」

圭はにべもなく言った。

八木沼が情けなさそうに広い肩を竦め、理知的な若い恋人を軽く睨んだ。

「かっこつけさせてくれないんだね…」

「別に、かっこいい人が好きなわけじゃないんです。僕は普通にたった一人を愛する人が好きなんですよ」

「……きみを信じていたんだよ」

　ぽそりと八木沼が口にしたこのセリフは、パーティに顔を出さなかったことへの言い訳だろうか。

　それを受け取って、圭は言う。

「しょうがないな、僕があなたを幸せにしてあげる。僕は誰とどこへ行こうとも、必ず自分であなたの元へ戻ってきますから」

「そ、それは……──」

「家族になろうって言ったでしょ。僕はあなたの妻のように、弟のように、息子のように側にいます。ずっとね」

「夫のように、兄のように、父のように……ずっと」

　噛み締めるように言ってから、八木沼はホッと息を吐いた。

「きみは僕を責めないんだね」

「あなたは僕を縛りつけない人だから、僕もあなたを縛りつけない」

　するりと八木沼は言った。

「愛しているよ、圭くん」

　臆面もなく──まっすぐに見つめて。

これには圭のほうが照れた。

「参ったな、僕が先に言おうと思っていたのに……」

どちらからともなくキスをした。

エントランスの明かりが、目を瞑った二人の横顔を温かく照らしていた……——。

あとがき

こんにちは、水無月《みなづき》さららです。

しょっぱなからご報告です。わたしの理想の〈受〉はここ何年かずっと小池徹平《こいけてっぺい》くんだと言ってきましたが、この一年で佐藤健《さとうたける》くんとゴールデンボンバーのきゃんさま、スケートの羽生《はにゅう》くんに変わりましたよ。

別にね、小池くんが嫌いになったというわけじゃない。佐藤健くんの映画『るろうに剣心』が良すぎたの。主題歌がワンオクだったのも良かったのかな。ゴールデンボンバーのきゃんさまはずっと可愛いなあと思ってきたけど、知っている人が少ないだろうというので口にしなかっただけでして。あれよあれよと言う間に紅白に出るようなバンドになり、もう誰に言っても「ああ」と言ってもらえるようになりました。羽生くんは言わずもがな。頑張れ〜！

でもね、最高はきゃんさまなんだ。きゃんさまの「やや残念」なところが堪らないんです。あんな小綺麗な顔にメイクしときながら、スイカにかぶりついたり、ギターをまな板にして一心不乱にキャベツ切ったり、たまに本当に弾くソロ演奏をしくじったりするのにキュンとくるの。宝塚を観に行って、大好きなトップ男役さんの声がひっくり返ったのを耳にしたとき、

「惜しいっす！　でも、好き好き」と両手を握り締めちゃうあの感じに近いものが……（汗）。

分かりますかね？　一見完璧だなって思わせるような人が、ぽろっと見せちゃう綻びが大好物なんです。綻びを隠し持っているんでもよし。ギャップ萌えってやつですかね。

それはそうと、今回の本の話もしなければ。ふっておいてナンなんですが、前に挙げた人たちを特に重ねてはございません。イギリス育ちの投資顧問会社社長×前の恋を引き摺るインテリア・コーディネーター。ジャンルで言うと、スーツ系、そしてやや年の差ですかね。ありがちなキャラ設定ではありますが、ラストに社長がありがちな行動をとってくれないのに身悶《みもだ》えすることでしょう。担当・O嬢さまは「うああ」と思ったそうですよ。でも、これでいーのだ！　BLの〈受〉は、実は〈攻〉よりも男前な性格であることが少なくないと思う。男に惚《ほ》れた・惚れられた時点で、彼らはこれまで自分を支えてきただろう価値観を変化させなきゃなりませんから。案外に逞しいんです、〈受〉って。そこんとこ、楽しんでいただけたら幸いです。

いやあ、今年も一年が早かったですな。あっという間に年の瀬だ。コタツ、みかん、大掃除。来年はもっと味わって生きたい。水無月さらら、どうぞよろしくお願いします。

最後になりましたが、イラストの金《かね》ひかる先生、どうもありがとうございました。長い付き合いの担当O嬢さま、協力してくれた子どもたち、取材行動に同行してくれるお友達にも感謝です。読者のみなさま、好きです（↑告白）。ありがとう、本当にありがとう。

この本を読んでのご意見、ご感想を編集部までお寄せください。

《あて先》〒105－8055　東京都港区芝大門2－2－1　徳間書店　キャラ編集部気付
「寝心地はいかが?」係

■初出一覧

寝心地はいかが？……書き下ろし

寝心地はいかが？

キャラ文庫

2012年12月31日 初刷

著者 水無月さらら
発行者 川田 修
発行所 株式会社徳間書店
〒105-8055 東京都港区芝大門2-2-1
電話048-451-5960（販売部）
03-5403-4348（編集部）
振替00140-0-44392

印刷・製本 図書印刷株式会社
カバー・口絵 近代美術株式会社
デザイン 佐々木あゆみ（COO）
編集協力 押尾和子

ISBN978-4-19-900696-8

好評発売中

水無月さららの本【九回目のレッスン】

イラスト◆高久尚子

「君が弾くと、どんな曲も色っぽく聴こえるな」。柔和な美貌のピアノ講師・和音《かずね》が出会ったのは、広告代理店の敏腕部長・永倉宗一《ながくらそういち》郎《ろう》。怜悧で知的な男に一目で惹かれた和音は、10回コースのレッスンを引き受けることに。ところがレッスン初日、和音の気持ちを煽るように、濃厚なキスを仕掛けてくる永倉。和音の想いは拒絶するのに、なぜか回を追うごとに愛撫は激しくなっていき!?

好評発売中

水無月さららの本
【主治医の采配】
イラスト◆小山田あみ

新婚旅行中に、突然砂漠の王に拉致され性奴隷にされた３年間。生還はしたけれど、将来を嘱望されていた有能な弁護士・夏目礼一郎《なつめれいいちろう》は、下半身の自由を奪われ生きる気力さえ失っていた。その主治医についたのは、高校時代の同級生・上条晴隆《かみじょうはるたか》だ。心は性欲を認めないのに、診察されるだけで反応する体と折り合いがつかない礼一郎。そんな自ら治療を拒む患者を、内心持て余す晴隆だったが…。

好評発売中

水無月さららの本【新進脚本家は失踪中】

イラスト◆一ノ瀬ゆま

美形だけれど売れない役者の麻木《あさぎ》望《のぞみ》の目標は、脚本家になること。ある日、構想を練っての散歩中、車とまさかの接触事故!!　怪我した望の見舞いに訪れたのは、やり手の青年社長・遠山裕一郎《とおやまゆういちろう》。「完治まで自宅で面倒を見たい」と提案し、多忙の合間に食事から入浴までいたれりつくせり。その上、「このまま一緒に暮らそう」と突然の告白!?　居心地はいいけれど、脚本家の夢は諦めきれず!?

キャラ文庫最新刊

公爵様の羊飼い②

秋月こお
イラスト◆円屋榎英

守備隊長・ドノバンを刺してしまったフリードリヒ。元騎士で羊飼いのヨールと、生き別れた母を捜す旅に出るけれど——!?

気に食わない友人

榊 花月
イラスト◆新藤まゆり

葬儀屋の若社長・青井《あおい》の忘れられない相手——それは高校の同級生でライバルの渡会《わたらい》だ。そんな渡会と、仕事で再会するけれど!?

寝心地はいかが？

水無月さらら
イラスト◆金ひかる

家具屋のショールームに勤める圭《けい》には、腐れ縁の恋人がいる。そんなある日、展示用ソファで居眠りする男・八木沼《やぎぬま》と出会い!?

1月新刊のお知らせ

洸［常夏の島と紳士(仮)］cut／みずかねりょう
音理 雄［犬、ときどき人間］cut／高久尚子
高遠琉加［楽園の蛇 神様も知らない2］cut／高階 佑

お楽しみに♡

1月26日(土)発売予定